SHANGHAI LITERATURE & ART PUBLISHING GROUP

故事会
精品系列

故事会

喻世故事

I0517178

上海锦绣文章出版社
上海故事会文化传媒有限公司

上海文艺出版（集团）有限公司

图书在版编目（CIP）数据

喻世故事 《故事会》编辑部编 - 上海：上海锦绣文章出版社
（故事会精品系列）　ISBN 978-7-5452-1076-7

Ⅰ．①喻…Ⅱ．①故…Ⅲ．①故事 作品集 中国 当代 Ⅳ．I247.8

中国版本图书馆 CIP 数据核字（2012）第 051243 号

丛 书 名：故事会精品系列

书　　 名：喻世故事

主　　 编：何承伟

编　　 委：何承伟　吴 伦　姚自豪　夏一鸣

责任编辑：刘迎曦　鲍 放

装帧设计：王 伟

责任督印：张 凯

出　　　　 版：　上海锦绣文章出版社

　　　　　　　　上海故事会文化传媒有限公司

POD 海外发行：　中国图书进出口上海公司

　　　　　　　　电话：021-36357888

　　　　　　　　传真：021-36357896

　　　　　　　　地址：上海市虹口区广中路 88 号

　　　　　　　　邮编：200083

目　　录

求之不得

黑白乾坤

三思而行

求 之 不 得

世间之事,总是"求之不得,得之不求"。所以聪明人明白,凡事顺其自然,也许就能在不经意间收获意外的美丽。

销售高手

那天一大早，大杨的表弟搬了十箱果汁饮料来找大杨。大杨一问，才知道他表弟开的小店因为生意冷清，表弟见势头不妙，就把店里东西处理了，准备回老家改行干别的。

表弟对大杨说："表哥，我租的房子到期了，还剩下这点东西没卖完，你帮我处理了吧。这饮料是二块一罐进的货，市场价一罐要卖二块五，十箱二百四十罐，我也不赚你的钱，就拿它抵你借给我的四百块钱，你看怎么样？"

大杨心想：这钱你都借四五年了，也没说过要还的话，既然现在用饮料抵，那就抵吧，卖了也是钱呗。于是就朝表弟点点头，表示同意了。可看着十箱饮料搬进房里就是一大堆，大杨不觉为了难："这么多饮料，你让我怎么处理呀？"

表弟教他:"你要自己不想卖,就把它按原价处理给那些小店老板。我是因为要急着回老家,不然也不来麻烦你了。"

表弟走后,大杨就按表弟教的办法,赶紧去找了一家小店,问老板要不要这些饮料,可以按原价处理给他。那老板看大杨一眼,问他:"你有进货单吗?"

大杨给老板解释:"这是亲戚给我的,他因为有急事要赶回老家去,我只不过是帮帮他的忙,哪拿得出进货单来?"

老板将信将疑地看着大杨,说:"没有进货单,我怎么知道你这货是真是假?我可不敢卖这种来历不明的东西,被工商局查到了怎么办?"

大杨觉得老板说得也是,一时就愣在那儿了。

老板见大杨这个样子,笑了,朝他眨眨眼睛,说:"我看你这个人还实诚,这样吧,我信你一回,不过你得减点儿价,一块五一罐,怎么样?"

大杨不是糊涂人,立刻看出老板肚子里在打什么主意:他哪里是要进货单,明明是在打宰人的算盘!但是这倒也提醒了大杨,所以从小店出来后,大杨就给表弟打电话,问他要进货单。

可表弟说,他连店门都关了,哪还会把进货单留着?早不知丢哪旮旯儿了。没办法,大杨只好一家一家再去问别的小店小铺,谁知越问价越低,有的干脆说只能给他一块钱一罐,把大杨给气得!卖一块钱一罐,还不如留着自己喝呢。

可问题是大杨平时喝惯了茶,这种玩意儿偶尔喝一次还可以,整整二百四十罐,喝到什么时候才是个头?

这种时候,还是大杨老婆有办法!老婆对大杨说:"既然这样,那我们自己卖去。"

大杨吃惊地看着老婆:"你说得轻巧,你去哪儿卖?扛大街上,人家城管不把你抓起来才怪呢!"

老婆朝大杨嘴一撇,说:"大街上不能卖,单位总行吧?明天咱们一人带一箱到单位去,只求不亏本,还怕卖不出去?"

这时他们的儿子乐乐放学回来了,见到这么一大堆饮料,开心得一蹦老高:"哇噻,我们同学最喜欢喝这个!"他一边说,一边就拿过一罐,打开就喝,还对大杨说:"爸,妈,你们也尝尝。"

乐乐喝得有滋有味,可大杨和他老婆却怎么也喝不出味儿来,两口子一商量,决定给乐乐留出一些,其余的就各自带单位去卖。

话说第二天,大杨到单位后,把写好的启事往办公室门上一贴,上面写着:大杨处有果汁饮料待售,二块四一罐,欲购从速。

果然,不一会儿就有好奇的同事来打听是怎么回事,大杨就说是自己为帮亲戚凑钱才做的这笔买卖。听大杨这么一说,就有一个同事买了一罐,后来那几个平时和他关系挺好的同事也分别来买了几罐,之后,这一上午就再没人来找过大杨。

大杨见一箱饮料一半都没推销出去,心里不免着急:会不会是把价定高了?他心里不觉叹了口气:"唉,算了,别挣这几个钱了,不如就按原价卖吧,早点卖完早点完事儿。"于是中午过后,他便把写在启事上的价格,从每罐二块四改成了二块。

大杨原以为这一改会刺激同事们的购买欲望,谁知他们看了后,竟都用异样的眼光打量他,别说买,就连他的办公室也不来了,大杨心里真是沮丧啊!

快下班的时候,大杨去上厕所,听到几个同事在悄悄嘀咕。

一个说:"哎,你们说大杨今天怎么了,真像他说的那样是在帮亲戚凑钱?"

另一个说:"你信他那鬼话?他这是心眼儿多,怕我们白喝他的!"

第三个说:"嘿,就算他真是在帮亲戚凑钱,那也不该赚我们的呀,居然跟我们玩广告那一套,没意思!"

接着,叽叽喳喳的声音更多:"我怀疑大杨卖的这玩意儿不会是人家客户送的吧?""就算不是客户送的,我看这玩意儿来路也不正,要不下午怎么二块四就变二块了? 他老家是农村的,该不会是他亲戚的假货让他来卖吧?"

听着这些议论,大杨真恨不得扇自己两巴掌,一出厕所就把那张启事给撕了。

当晚回到家里,大杨还没来得及开口呢,只见老婆也把饮料带回来了,而且连一罐都没卖出去,不用说,也是一肚子气。

听大杨说了他在单位的遭遇后,老婆说:"我压根就没打算挣钱,一到医院就跟大家打招呼,说让他们帮我处理,二块钱一罐。可过不多久,医院小卖部的老板就来找我了,说我抢他的生意,还把我拉到院长那里去评理,说我不好好当医生,卖饮料赚钱,让我挨了院长一顿批。批就批吧,可那老板背过脸又让我把这箱饮料低价处理给他。我当时就恼了,对他说:'我不卖了,送人总行了吧? 这回我看你还怎么告?'可你猜怎么着? 我就是送人也没人要。这我可就弄不明白了,后来还是一个老病号悄悄告诉我的,说:'你送人东西也不长点心眼,听说你们正在评职称,现在谁敢要你的东西?'你说,这是哪儿跟哪儿啊?"

就在大杨和老婆互相抱怨的时候,乐乐回来了,一看爸爸妈妈都虎着个脸,聪明的儿子便猜出是怎么回事了。乐乐对大杨说:"爸爸,要不我帮你们处理吧?"

大杨没好气地说:"你妈和我为处理这些东西惹得一肚子气,你才上小学四年级,怎么帮我们处理? 别瞎掺和了,好好做你自己的功课去。"

可是乐乐不服气:"爸爸,你别管我怎么处理,我帮你卖掉不就得了?"

大杨才不相信他的话呢:爱喝你就喝,别跟我说什么处理。

可让大杨和他老婆没想到的是,乐乐只用了一个星期,真就把这二百多罐饮料全部处理了,当他把卖得的钱交到大杨手里时,大杨简直不敢相信自己的眼睛。

大杨问乐乐,这些饮料他卖多少钱一罐,乐乐说:"二块。"

大杨惊讶极了:"你怎么卖的?"

乐乐神秘地朝大杨眨眨眼睛,说:"我们班今年为希望工程捐的款,离预期目标还差一百多块,老师不想增加大家负担,可一时又想不出办法来。我于是就给老师出主意,说我爸要账要来二百多罐饮料,市场价卖二块五,反正同学们每天都喝,如果让他们来买我的,我就只收他们二块钱,那余下的五毛钱差价就捐给希望工程。老师觉得我这个主意挺好,于是就跟同学们说了。哈!结果问题就全解决了,整一个三全其美!"

这会是一个十岁孩子想的办法?真让人不能相信。就在大杨和他老婆惊愕不已的当儿,乐乐说:"爸爸,妈妈,你们别不信。不过这办法也不是我自己想出来的,我是向人家矿泉水厂做的一个广告里学来的,说穿了也没什么新意。"

大杨被乐乐这话逗乐了:"儿子,你老爸我专门做广告的都想不出这种办法,你还说没新意,你也太谦虚了吧?不过……"他脑子一转,看着儿子说,"你老实告诉我,你不会是光想着帮我们卖饮料这么简单吧?这些饮料不卖的话基本都是你喝,你会舍得从自己嘴里省下来?"

乐乐被大杨这么一问,忍不住"嘿嘿"笑起来:"爸爸,不瞒你说,我当然有自己的小算盘啰!你不知道,我们以前的班长转学走了,我是新班长的候选人之一,我之所以这么做,不就是想给自己增加点胜选的砝码嘛!"

大杨饶有兴趣地问:"那结果呢?"

乐乐得意地说:"那还用说?全票当选!"

这回,大杨是真呆了。

(彭晓风)

(题图:黄全昌)

告状

　　穷乡僻壤的祁山村出了个爱告状的村民,姓祁,叫二狗,平时稍有风吹草动,他就嚷嚷着要去告状,搞得上上下下不太平。

　　要说二狗告状这事儿,也真应了一句老话,叫:冰冻三尺,非一日之寒。

　　那年村里分救济款,没给二狗,他就涎着脸去要,被村长一顿训。为捞回面子,二狗就对村长咋呼说:"你不就是个村长嘛,我告你去。"

　　村长问他:"你告我啥?"

　　二狗翻着眼皮说:"就告你贪污! 告你搞破鞋!"

　　这话二狗其实也就是随口说说的,不料当天晚上他正在家里"呼哧呼哧"喝稀粥呢,村长竟一手提着猪头肉、一手拎着二锅头上门来了,进门就检讨平时对二狗关心不够,说以后一定帮助二狗致富,完了还塞给二狗二十块钱,说是村里给他的救济。

等村长走了老半天,二狗还以为自己在梦里呢,直到香喷喷的猪头肉吃完,暖乎乎的二锅头下肚,他摸着圆滚滚的肚子,这才咂摸出滋味来:这狗日的村长,是怕我真去告他呢!原来当官的怕告呀!从此,二狗觉得自己腰杆子粗了许多,时不时地就昂着个脑袋嚷嚷:"老子告你去!"这话都成他口头禅了,就凭这一招,还真有怕他的,村里再发个救济款啥的,回回没少他。

直到后来换了新村长祁大海,二狗这招才不灵了,因为人家姓祁的根本不吃他这一套。二狗说要去告状,祁大海立刻拍出十块钱票子,说:"去告吧,老子给你路费!要是把我告下台,老子还给你发奖金。"二狗一听立马蔫了,再也没敢轻举妄动。

不料,就是这么个武大郎卖豆腐——人孬货软的家伙,最近却去县里动了真格。二狗告谁?他去告小董。

小董是两年前县里派下来的。村里人都知道,小董这种驻村干部,其实就是下来镀镀金的,吃两年苦回去,肯定就是提拔。但你别说,这个小董下来后还真帮村里做成了不少事情,贷款修路,建野果加工厂和养殖场,所以大家都夸小董好,县报和市报都有记者来进行采访。当然这也就意味着,小董回城是指日可待的事。

可没想就在这个时候,二狗却不知搭错了哪根筋,到县里去把小董给告上了。他告小董的罪状:一是贪污扶贫资金;二是跟后街张寡妇关系暧昧;三是弄虚作假,建的加工厂、养殖场根本不挣钱,全是花架子,是向上级请功邀赏的假政绩。这一来,县里很快便把小董"请"了回去,说是要调查落实。

消息传回村里,村民们不干了,小董这两年咋样,大家眼睛不瞎。有人说,准是二狗这王八蛋看上张寡妇了,见小董常去帮张寡妇孤儿寡母干活,这才打破醋坛子血口喷人的。大家一合计,觉得无论如何也得去县里说清楚,还人家董干部一个清白,别让人家说咱祁山村的人忘恩负义。

可村长祁大海却说:"我看无风不起浪,既然二狗说得像模像样,也不像是瞎编的,是真是假可以去问问张寡妇呀!"

大家于是就去问张寡妇,不想张寡妇脸涨得通红,低着头就是不开口,看那意思,好像是有那么点事儿。这一来,大家先是吃惊,而后无不扼腕叹息:看这小董,多聪明的一个人,竟坏在这娘们手里,可惜呀。

二狗于是便洋洋得意:"我没扯谎吧!"

不久,小董蔫头耷脑地回到了祁山村,他把自己反锁在小屋里,整整两天没有出门。到第三天头上他开门出来,大家一看,人整整瘦了一圈,都不敢认了。

小董摇摇晃晃地去找祁大海,铁青着脸问他:"姓祁的,我跟你无怨无仇,你为什么要这么害我?"

祁大海看着小董,一脸无辜地说:"没有呀,告你的是二狗,又不是我。"

"呸,"小董朝地上吐口唾沫,两只眼睛紧盯着祁大海,说,"二狗那蠢货说不出这种有条理的话儿,还有张寡妇,红口白牙地咬定跟我有事,肯定是有人在背后指使。说,是不是你?"

祁大海看着小董,两个人四只眼睛,目光在空中激烈地交锋!突然,祁大海笑了,竟然点头承认:"不错,是我的主意。"

小董气得浑身直抖,恨恨地盯着祁大海:"没想到你竟这么损,关键时刻给我下绊子。"

祁大海朝他抱歉地一笑,说:"我这么做,是有原因的。"

小董咬牙切齿道:"说说你的原因,我怎么得罪你了?"

祁大海说:"原因很简单,我不想让你走,我希望你继续留在村里,带着我们一起干。"

小董闻言浑身一震,他根本没有想到这一点,他以为一定是自己做的什么事得罪了这个土皇帝。

祁大海对小董说："现在村里这几个厂子刚刚起步，离不开你指导帮助。说实话，我们这些庄稼把式干粗活还行，要说工厂管理和生产经营，那是擀面杖吹火——一窍不通。我怕你这一走，用不了几天厂子就要垮掉，实在是没办法，才出此下策。"

小董埋怨说："那你也不该往我头上扣屎盆子呀！再说，我本来这次调回县里后要去建设局任职，如果手里有了权，不就可以更好地帮助你们吗？"

祁大海不屑地摇头，说："拉倒吧！我们以前又不是没见过扶贫干部，一个个嘴里说得好听，可回去后就忙自个的事了，谁还想得到咱这穷地方？"

小董一听，不吭声了。

祁大海拉起小董的手，恳切地说："对不起，小董，我也是没办法。你看，厂子咱们好歹张罗起来了，还贷了那么多款，大伙儿以后脱贫致富就全指望它们了，这次无论如何也不能半途而废呀！这两年我也看出来了，你是真心在帮助我们，你就不要忙着回去了，再帮我们几年吧？"

小董看看祁大海，苦笑道："你看我现在这样子，还能回去吗？县里已经说了，我到底是不是在摆花架子，就看以后怎么干了，只要新建的那几个厂和养殖场盈利不了，祁山村脱不了贫，我就得在祁山村干一辈子。"

祁大海一听，不由心中大喜："小董，你放心，只要一切工作上了正轨，我们一定敲锣打鼓去县里给你正名。"

小董却在心里说：那时候去有啥用，早晚了八秋了！仕途上的机会哪里会等人？

就这样，小董被继续留在了祁山村。

再说那个二狗，后来在养殖场里谋了个差事。他见了小董，就拍着胸口发誓："董干部，你放心，我能把你告下来，就一定能把你告上去。像你这样的好干部,县里要是不给你个大官做,我就到省里去告他们!省里不行,我就去北京!"

小董真是被他说得哭笑不得。

这一说一晃,两年过去了,经过小董和村民们的共同努力,祁山村终于面貌大变,成了远近闻名的富裕村。

这天一大早,二狗穿戴一新,来到村口车站,身旁还跟着俏生生的张寡妇。

大伙见了打趣说:"二狗,干啥去?是不是去登记呀?"

二狗挺挺胸脯:"去告状!"

大伙吃了一惊:"你小子好日子过腻了?这回又要去告谁?"

二狗看看张寡妇,"嘿嘿"一笑,说:"这回是去告我们自己,告我们两年前诬告了人家董干部!"

两人来到县政府信访处,刚把来意说出口,接待的同志便明白了:"你们是为小董正名来的吧?不过,已经晚了。"

二狗一听急了:"怎么晚了?"

接待的同志说:"小董刚刚辞了公职,不归县里管了。"

二狗和张寡妇大惊:"这是为啥?"

接待的同志解释说:"小董说,他不适合当官,已经接受聘请,当祁山村实业公司总经理去了。"

"哇!那真是太好啦!"二狗和张寡妇对望一眼,欢喜无比。

从接待处出来,二狗问张寡妇:"状不告了,天还早,咱们干啥去?"

张寡妇白了二狗一眼:"你说干啥去?"

二狗壮壮胆,一咬牙,说:"要不,咱闲着没事,到……到婚姻登记处去转转?"

张寡妇的脸红了,一跺脚,埋头就跑……

(黄　胜)

(题图:魏忠善)

只因做了亏心事

　　初冬时节,北方庄户人家睡得早,天才黑,村东头的郑大就已经在热炕头上睡熟了。郑大媳妇忙完了活,也准备上炕,可就在这个时候,她突然看到窗外有个黑影一闪。"谁?"她吓得赶紧把郑大推醒,两个人壮起胆子出去一看,没发现院里有动静。郑大嘀嘀咕咕地直埋怨,说媳妇看花了眼,媳妇心里挺委屈。

　　没隔几天,郑大因为白天吃了太多的咸白菜,半夜渴醒了,起来喝水,谁知刚摸黑下地,就看到窗外有个黑影闪过,"鬼,有鬼啊!"郑大惊叫起来。媳妇被郑大喊醒了,一听郑大说有个黑影从窗前闪过,立刻联想起前几天的事,吓得缩在炕角落里直哆嗦。

　　两口子越想越害怕,从第二天起,他们每天天没黑就躲进屋里不敢出来,越到夜里心越发慌。两个人之所以会这么害怕,其实是有原因的,因为他们做下了亏心事。

郑大家穷,弟兄三个全靠爹打铁卖艺抚养长大,后来到了成家的年纪,郑大怕这个穷家拖累自己,就去百里之外做人家的上门女婿,和家里断了来往。不想两个月前郑大爹突然病重,郑二于是就托人捎信给郑大,一定要他带媳妇回来看爹一眼。

郑大回来一看,没想家里大大变了样,郑二已经娶了媳妇,家里连着盖起整两间大瓦房不说,就连屋里的摆设也今非昔比,放在矮柜上的彩电比自家的还大一圈。郑大和媳妇看得眼睛发了直,爹的丧事一办完,就借口是长兄长嫂,硬要搬回来住,这还不算,他们一回来,就天天摔锅砸碗地寻事儿吵架。

郑二的媳妇小玉一看这情势,就对郑二说:"你学的是爹的手艺,咱不如把房子让给大哥算了,咱出去凭手艺挣钱吃饭,拼上几年,只怕还能盖座楼呢!"两口子一咬牙,就走了。

郑二一走,留下的郑三是傻子,爹的房子总该有郑三的份,郑大不能硬赶他走。可留下郑三,就得照顾他,他什么都不懂啊,穿得邋遢不说,还特别能吃,饭量一个顶俩。郑大媳妇看着这个小叔子就来气:凭什么要我来管你们郑家的人?于是郑三就过着有一顿、没一顿的日子。

这可急坏了一个人!谁?郑二的媳妇小玉。小玉虽然比郑三大不了几岁,可自打过门,为了让爹放心,她照顾郑三就像照顾自己孩子似的。前阵子走的时候,她心里一直牵挂着这事,现在自己刚安顿好,就赶着来看郑三。不想隔着老远,她就闻着郑三身上有股酸臭味儿,走近再看,郑三原本鼓鼓的脸现在变成了尖下巴。小玉看到郑三不会说话,只知道"呜呜"地哭,她眼圈红了,牙一咬,就把郑三带回自己和郑二借住的地方。

难道真是因为自己赶走兄弟,鬼找上门来了?而且那鬼怎么看怎么像爹!郑大和媳妇开始还不敢声张,后来实在熬不住,只好又烧纸钱又请仙姑地四处张罗,求鬼饶了自己。村里人得知，都说郑大和他媳妇缺德，这笔账该算。

却说村里有个能人叫李大胆，听说此事就犯疑，这天晚上他看老婆孩子都睡得踏实，就悄悄下炕，偷着溜出门去。此时，村里静得连狗都不叫，李大胆信步走近郑大家。突然，一个黑影从他眼前闪过，要换了别人，只怕早吓软了腿，可李大胆怕谁呀？赶紧轻手轻脚地跟了上去。不过，等他看清这个人的时候，他不由愣住了，怎么也想不明白这是怎么回事。

第二天，李大胆就像什么事也没发生过，照旧该做什么做什么，可到了夜里，待老婆孩子睡实了，他又悄悄溜出门去，在郑家附近找个地方藏下身，等黑影出现。整整十天，天天如此。

到了第十一天早上，李大胆敲开了郑大家的门对郑大两口子说："昨夜神仙托梦给俺，让俺帮你们捉了这个鬼。"

"啊？"郑大两口子一听喜出望外，赶紧要给李大胆让座。

李大胆挥挥手说："不过，俺给你们捉鬼是有条件的。"

"那当然，多少钱，你尽管说。"郑大两口子鸡啄米似的点头。

李大胆清清喉咙道："我捉鬼这三天，你们不能在家看着。"

"那……"郑大媳妇说，"俺回娘家吧。"

"不行……"李大胆一摆手，"神仙老可说了，你们得在院子门口露天睡上三夜，才能功德圆满。"

"行行行！"郑大两口子答应得飞快，"我们就在门口搭个铺，搭个铺。"他们边说边就卷起铺盖出门。

当晚，天刚擦黑，李大胆就来郑大家，把院门关了。第二天起来一看，不知什么时候下了一场雪，地上已经积起薄薄一层，李大胆把院里的雪扫了，这才开了院门。

只见郑大两口子冻得脸色发紫，一看李大胆出来，哆嗦着嘴问："大哥，鬼捉得咋……样了？这天气贼冷，受……不住了。"

李大胆瞥他们一眼："三夜才只过了一夜呢！"

郑大媳妇鼻涕一把、眼泪一把地问郑大："你说咋办？"

"唉,咱就忍一忍吧。"郑大心里清楚:自己做下了亏心事,若是去求村里人,别说进屋坐一会,只怕是连口热水都没人会给。他只好去附近草丛里捡些柴禾回来,点燃了,给自己和媳妇取暖。

第二天晚上,李大胆早早地就把屋里的灯歇了,整整一夜,听着窗外"呼呼"的风声,他一直合不上眼。天蒙蒙亮的时候,他听到一阵犹犹豫豫的敲门声,起来开门一看,是郑大两口子。

李大胆明知故问道:"有事?"

"大哥,让俺们进去暖和一下吧,冻死了。"郑大两口子哀求着。

"行,"李大胆答应得挺痛快,"你们进来吧,俺走了……"

"大哥!"郑大两口子急着问,"鬼捉到了?"

李大胆板着脸说:"不是说好三夜的吗? 现在过了两夜,你们要不想捉鬼,就进来。"

"那俺们不进了,不进了。"郑大和媳妇脚不点地转身就跑。

好不容易熬过了第三夜,第四天早上,李大胆开了院门一看,外面哪有郑大和他媳妇的影子? 他们怎么不等自己捉鬼的消息了? 李大胆觉得奇怪,想了想,直奔郑二家去。

郑二和小玉借住的地方离这儿不算太远,不过那房子可差多了,又矮又旧,李大胆兴冲冲踏进去,一屋子的人都愣住了。郑大和媳妇果然在这里,一家人正围着桌子在吃早饭。

看到李大胆,郑大两口子吓得直结巴:"俺们……俺们……"

小玉对李大胆说:"李哥,这天寒地冻的,要不是老二一早去捡柴禾,我们还真不知道这回事呢! 让大哥大嫂吃顿热乎饭,不误捉鬼吧?"

郑二也帮着说话。

李大胆不吱声,两只眼睛四下把屋里打量了一遍,没什么家什,却收拾得干干净净。他把目光收回到这一家人吃饭的桌子上,看到郑三正大模大样地占着桌子的一边,刚吃完一碗,小玉就忙着给他添一碗。李大胆心里长叹一声,这才转过脸,对郑大两口子说:"你们这鬼捉不得啊!"

郑大两口子只差没哭出声来,赶紧问有没有破解的办法。

李大胆说:"俺不妨就直说了吧,那鬼不是别人,他是你们爹……"

"爹?"郑大两口子脸色变得灰白,身子抖成一团。

"你爹说,他死不瞑目啊,除非……"李大胆说到这里,突然打住了。

"除非什么?"郑大哆嗦着问。

李大胆说:"除非你们仍旧把房子让出来,给老二、老三住。"

郑大和媳妇对望一眼,哭丧着脸说:"那就依了爹吧!要不,俺们实在受不了了。"

"不行,不行!"小玉捅捅郑二,说,"让大哥他们过来,俺们一起挤着住吧,爹那房子就让它空着,俺也怕……"

"你放心,"李大胆拍着胸脯说,"你们对爹没亏心,爹干吗找你们?你们只管搬回去,再不会有鬼闹你们了。"

也真是怪事,郑二和媳妇带着郑三搬回去,真就没再见鬼来过。村里那些不信邪的人追着李大胆问:"说真的,这到底是咋回事?"

李大胆不由笑了,得意地附着他们耳朵说:"俺其实也不信这世上有鬼,所以那一阵天天晚上偷着出来转一下,结果就发现,哪里是什么鬼,分明是郑三那小子,也不知落的啥毛病,半夜起来拉屎,非得回老家茅房。说来也奇了,他天天一个道儿,从他二哥借住的屋出来,到大哥这屋后面的茅房,这不就非经过他大哥那贴炕头的窗?他大哥两口子是亏了心的人,自然就怕了。我这是借着机会好好治治这对畜生啊!"

(九　斗)

(题图:刘斌昆)

还我一条腿

　　腊月里的一天上午，天下着小雪，石门镇的黄镇长正在办公室里盘算年终县里评奖的事儿，这时，一位老大爷拎着蛇皮袋一阵风似的闯进来，怒气冲冲地对他说："镇长，我大孙子的事你听说了吧？我老头子实在是迫不得已，今天就按程序来找你。哼，我就不信凭它讨不到个说法！"说着"咚"一声，将手里的蛇皮袋重重地甩在黄镇长的办公桌上。

　　老大爷是石涧村人，干瘦，还是个罗锅，黄镇长认识他，一看到他来，不由头皮一紧，心里暗暗叫苦。为啥？石涧村的村干部曾说起过，这石老头特难缠，是个炮火筒子，爱管闲事，而且能说会道，得理不让人。黄镇长不知道他今天又是干吗来了。

　　黄镇长一边给石老头努努嘴，示意他坐下，一边就把蛇皮袋打了开来。可他只往袋里瞄了一眼，就吓得跳起来："啊！您……您这是……"

也难怪黄镇长惶恐，蛇皮袋里赫然装着一条孩子的腿！

石大爷低沉着嗓门，说，"黄镇长，这是我孙子的腿哇，前儿天我孙子还活蹦乱跳的，可……可一条腿就这么没了。唉，黄镇长，你看看！你看看我孙子这腿……"

黄镇长哪里敢再看，浑身哆嗦着，连连朝石老头摆手："不用再看，不用再看，您有话好说，有话好说！"

石老头盯着黄镇长，说："唉，黄镇长，不是我老头子不想好好说，可我去找过中心小学的张校长，他却说我这是无理取闹，你看看，他把责任推得一干二净。哼，今天我是来你这里讨个理儿！黄镇长，你要是不能还我孙子公道，也跟我老头子'踢皮球'，那你给我一句爽快话，我也不麻烦你了，我拎着这袋子找县里去。哼，我孙子一条腿不能让他林老师给白白打断！"

黄镇长一听石大爷这番话，感觉脊背上直抽冷风。他心里很清楚：这事儿往下推，没用；往上推，眼下也绝对推不得。为啥？县里正在搞年终评奖，这事情要是闹上去，石门镇肯定没戏唱。所以，黄镇长决定非要想办法把石老头稳住不可。

黄镇长赔上笑脸，小心翼翼地对石老头说："石大爷，您看这样行不行？您给我一点时间，您不是要在我这儿讨理儿吗？那我得先把事情来龙去脉搞清楚，总不能光听您说吧？"

石老头觉得黄镇长这话说得也是，便点点头道："既然你这么说，那我等着，明天上午这个时候我再来听你的回应。"说完，拎了蛇皮袋走了。

看着石老头蹒跚着远去的背影，黄镇长把电话打到了张校长那里。

第二天，当石老头果真拎着蛇皮袋又来时，黄镇长赶紧招呼他在沙发上坐下，说："老人家，张校长说，您孙子的事情他亲自做过调查。我把他说的再说一下,您看看是不是有出入——"

张校长昨天是这么给黄镇长说的:

那天,石老头去学校找他孙子的班主任林老师,问孙子的学习情况。林老师说,他孙子最近在课堂上不太守纪律,屁股坐不住板凳,尤其是那两条腿,特别爱动弹。石老头听了很生气,恳求林老师说:"玉不琢不成器,孩子不打不成材。他以后要再这样,你就给我抽他腿,抽再狠也不怪你!"没想第二天上课时孩子老毛病就又犯了,把一条腿伸到走道上扭来扭去,踢前后左右同学的腿。

也是巧,林老师的妻子前一天晚上气管炎发作,咳了一夜,咳到早上连血都咳出来了,可林老师却一时拿不出钱来送妻子去医院,他心里又急又烦,到了课堂上,见孩子还这么不听话,想起石老头的托付,顺手拿起上课用的水竹教鞭,就在孩子小腿肚上打了一下。没想就这一下竟敲出了祸患,孩子第二天没来上学,石老头找到学校,说他孙子昨天回去就嚷腿疼,去县医院检查,医生说孩子的腿得了骨癌,必须立即截肢。林老师一听,惊呆了!

张校长后来去过医院,据医生介绍,孩子的腿病与林老师打的那一教鞭并无因果关系。可石老头却咬住不放,说全是林老师这一教鞭,打坏了他孙子的腿,搞得林老师真是有苦难言。

黄镇长在委婉地说了这些之后,便劝石老头:"石大爷,您一向是通情达理的人,在村里更是德高望重的老前辈。林老师其实也是个好老师,家里还特别困难,既然现在事情已经发生了,您就高抬贵手,多多宽容吧?"

石老头大概也意识到了自己是有点儿理亏,所以他避开黄镇长的眼睛,低着头没说话。可没料只一会儿工夫,他马上就拉长了脸,恼羞成怒道:"锣鼓听声,说话听音,你黄镇长的意思,是不是在说我是胡搅蛮缠?咳!看来跟你磨嘴皮也白搭,一级是一级水平,我还是去找县里给我做主!"说完,他从沙发上站起来,提着蛇皮袋抬腿就要走。

黄镇长慌了,死死拽住石老头的胳膊,说:"石大爷,瞧您想哪儿去了!这么着吧,我现在就叫上张校长,陪你去学校找林老师,大家一块儿坐下来好好谈谈,尽快把事情处理好,您看行不?"

石老头瞥一眼黄镇长:"这还差不多!"

石涧村是全镇最偏远的一个山村,毗邻三县交界处,黄镇长的车沿着积雪的山道一路颠簸,来到石涧小学时已是中午放学时候了。这个学校其实只是镇中心小学下面的一个教学点,只有一、二年级两个班,二十几名学生,两位代课教师都是本村人。

同学们都已经放学回家吃饭去了,林老师正要锁教室门,见黄镇长、张校长和石老头突然大驾光临,顿时愣住了。林老师明明还只有五十七岁的年龄,可那憔悴的样子,看上去就像个七十岁的老头,黄镇长看着他,心里不由生出几分怜悯。

几个人进教室坐定后,为了平衡石老头心理,缓和矛盾,黄镇长狠狠心,板着个脸,劈头就训起林老师来。最后,黄镇长话中有话地说:"林老师啊,打学生是违反教师职业道德的行为,一万个不该啊,你必须诚恳地向石大爷道歉。你心里不要觉得委屈,虽然是石大爷叫你打的,可如果他叫你杀人你也去杀吗?所以毕竟你是做得不应该啊!"

林老师自然听出了黄镇长话里的意思,他嗫嚅着正要开口向石老头道歉,不料石老头却将手一挥,吼道:"你少给我来这一套!我不稀罕道什么歉,我只要你还我孙子一条腿!"

石老头这么表态,林老师还能说什么呢?他哭丧着脸,惘然地望着黄镇长。

黄镇长心想:还腿自然是不可能的,再磨牙看来也是白费劲。他沉吟着,对石老头说:"老人家,您是个明白人,林老师到底有多大责任,我想您心里肯定也清楚。您的心情大家理解,我看您还是提现实一点的要求吧,比方说,要求学校适当补偿一点……"

"这可是你黄镇长先开的口!"石老头立刻接了黄镇长的话茬,"我也不多要,九千块!"

石老头虽然没有狮子大开口,但毕竟也是九千块钱呀,对一个穷地方的财政来讲,这是一笔不小的开支。黄镇长想把钱再压低点,咂咂嘴:"老人家,林老师家里穷得叮当响,学校呢,连日常开支都捉襟见肘应付不过来,这九千块钱最后还得从我们镇上拿,可镇上的日子也不好过啊!"

一直坐在一边沉默不语的张校长,这时候开了口:"石大爷,林老师平时真的是一个工作负责的好老师,为村里的教育事业奉献了大半生,看在这个情分上,您能不能少要……"

石老头听出了张校长话里的弦外之音,可他只是愣了愣,没等张校长把话说完,就脖子一梗道:"既然你们认为我绝情,那好,我现在改主意了,加一千,赔我一万块,少一个子儿都不行,否则就还我孙子腿来!哼!"石老头越说火气越大,"算了算了,不跟你们啰唆,我还是去县里说!"他说着,抓起蛇皮袋起身就要走。

黄镇长气得脸黑得像锅底,可一想到这大年底的,稳定压倒一切,只得无奈让步:"好好好,一万就一万,从此一刀两断,再无瓜葛。"

"那不行!"石老头站在那里,指着林老师,硬邦邦地说,"还得把他给我辞了!公办教师打学生,后果严重的都要开除,他一个代课教师还能留?"

黄镇长一听简直惊呆了,没想到这个石老头真就这么厉害?他看着林老师可怜巴巴的样子,心里实在不忍,便对石老头冷冷道:"老人家,您这样做未免也太过分了吧?做人要厚道哇,好像您平时不是这样的人吧?"

可石老头今天真就好像换了个人似的,冲着黄镇长吼道:"不答应就拉倒,什么'做人要厚道'? 厚道管屁用? 你黄镇长这是站着说话不腰酸,你儿子怎么不去做林老师的学生? 我还有个小孙子,还有个小外孙,明年都要上学了,我能放心把他们交给这样的老师吗?"

石老头一边大吼大叫着,一边拎了蛇皮袋就冲出门去。

林老师笨拙地追上去,一把拉住石老头,"扑通"一声在雪地上跪了下来,泪水"哗哗"直流,说:"老哥,求求您,饶我这一回吧! 我以后再也不打学生,再也不打了。我不能丢这个饭碗啊……"

"林老师……你这是……做什么? 咳!"石老头的眼睛突然红了,可他最终还是铁了心肠,一跺脚,拎着蛇皮袋不顾一切地扭头就走。

黄镇长沮丧地朝张校长使了个眼色,张校长会意,立刻上去拦住石老头,说黄镇长不是不答应辞退林老师,关键是这个教学点太偏远,条件太差,镇里公办教师力量不够,民办教师待遇又低,外村人不愿来,而本村的年轻人都打工挣钱去了,实在找不到合适的人代课。

石老头狠狠地瞪着张校长,问道:"那照你们的意思,就这么算了?"

张校长只好摇头,说:"不不不,我马上从镇中心小学抽一名教师下来。从明天起,林老师就被辞退了,你这就随我们去镇上签个协议,领钱回家吧。"

就这么着,三个人神情各异地下山去了,而绝望的林老师此时呆立在雪地上,就像一截木桩,许久许久,才木然回家。

天黑时分,林老师正在床前为妻子端茶递水地忙着,石老头推门进来了,满身的雪都没顾得上拍打,进屋就奔上去拉起林老师的手,愧疚万分地说:"林老师,实在对不住,白天让你受委屈了,我这就给你赔礼道歉!"说完,他竟"扑通"一声在地上跪下了。

林老师吓得一把把石老头拉起来:"您这是干什么?您……"

石老头说:"唉,对不住你了,真是对不住你了!"

林老师扭头望着窗外,浑浊的眼睛里滚出两颗豆大的泪珠:"我想不通啊,您石老头平时对人挺厚道,为啥偏偏跟我过不去,不依不饶地非要砸我饭碗?要不是您这么闹,我还可以再教三年书的啊!"

石老头哆嗦着从怀里摸出一扎崭新的百元大钞,搁在桌上,轻轻地说:"我也是无奈……这里是一万块钱,林老师,你收好吧!"说完,他就要朝门外走。

林老师诧异地拦住问:"您这是……什么意思?"

石老头擦擦眼睛,解释说:"林老师,这是你三年的代课工资。我算过了,你一个月的代课金是二百五十块,一年正好三千块,三年正好是九千块,所以,一开始我就提出要九千块的赔偿。后来张校长说起你的贡献,我想想也是,就多要了一千,算是奖金吧,加起来正好一万块。你给学生上了一辈子课,到头来却家贫如洗,我逼领导辞退你,可不能让你在经济上再蒙受损失啊!"

林老师一听石老头这话,心头不由一热:"这么说,老哥您心里还在为我想?"可他越发不解,"我咋越听越糊涂了呢,既然是这样,那您干吗又非要领导辞退我呢?"

石老头不由叹了口气:"我这是要他们还我一条'腿',还村里娃们一条'腿'啊!本来我不想多说,既然你追问到底,今儿个我就说个明白。"

原来,这几年各学校之间的差距越拉越大:镇上那些学校条件好,教师也富余,而周边乡村的学校条件差,教师们都不愿下去。于是,经济好的人家就纷纷想办法把孩子往城镇学校送,一些家庭困难的孩子就只能在破学校里读书。石涧村教学点就是这样的情况,加上林老师虽然工作认真,可观念陈旧,教学方法早已落伍,背地里不少学生家长都叫他"林保姆",意思是他只能照看孩子。石老头所以要这么闹,真正目的其实是想让领导能给教学点调来好老师,增加新鲜血液。

　　说完缘由,石老头态度诚恳地对林老师说:"眼下娃子们念书竞争厉害呀,这就好比跑步,眼看着咱村娃子们比人家少了一条'腿',以后怎么跑得过人家? 所以,我非要他们还这条'腿'来! 可……可不瞒你说,以后就算是新老师来了,也不晓得他们能不能安心呆长久啊……"

　　听罢石老头这番述说,林老师心里真是百感交集,他默默无语地看着石老头走远了的背影,那罗锅背似乎被风雪压得更弯了……

(袁　翼)

(题图:谭海彦)

学徒赵小二

清河县剧团有个叫赵小二的,十多年前还是个初中生,剧团下去招演员,他当时正站在校门口嘴里哼着调儿,负责招收的人见他哼得挺有味儿,就把他招来了。

不料赵小二曲儿虽然哼得好,可上台演戏常忘词儿,出了好几次洋相之后,剧团团长便不让他登台了。赵小二在团里没事干,于是就跟着团里一个作曲的老师学作曲子,可他干这也不行,每次作完一曲,老师看了都不满意,替他修改他又看不懂,气得老师拿他没办法。

这个作曲老师叫吴长乐,在清河县作曲界里,他可以说是"一统天下"。剧团演出经常卖不出票,也就意味着经常发不出工资,可吴长乐的日子却过得很滋润,靠的就是替人家谱曲赚的钱。县里大小单位少说也有几百,逢上节日就会举行文艺晚会,就要拿歌词来请吴长乐谱曲,还要做个光盘拿回去跟着排演,这样一谱一做,一个曲子收几百块,一年下来就是一笔可观的收入。

这年吴长乐到了退休年龄,手上也攒了很大一笔钱,于是就买了一套商品房,搬出了剧团的老宿舍。临走时,吴长乐怕客户以后找不到他新家,便吩咐仍住在剧团老宿舍里的徒弟赵小二:"以后有人找我谱曲做光盘,你就把他们带我新家去。"

不久,省里举行民歌会演,要求每个县先自己进行初赛,最终选拔一个送到省里去参加复赛。吴长乐觉得这回又可以有大笔生意来了,他怕赵小二应付不过来,便索性做了一个木牌挂到剧团门口,牌子上写着:作曲家吴长乐已搬新居——往东走三百米,栖贤路18号。还特地画了一个指示箭头,留下了自己的手机号。

不料等吴长乐挂了牌子后走出没多远,赵小二的老婆就把那牌子取下来拎回了家。她对赵小二说:"我把你老师写的牌摘了!哼,咱家穷得都快揭不开锅啦,你这回也作几个曲,趁这个机会给我挣点钱回来。"

赵小二一听,简直诚惶诚恐:这种做法怎么要得?再说平时每次作曲,他都让吴老师改了又改,自己一个人哪行?

这时候,正好有几个人走过来,打听作曲家吴长乐老师住哪儿。赵小二老婆赶紧迎出去说:"吴老师已经搬好远去了,我家小二是吴老师的徒弟,你们把东西放这儿,他会帮你们给吴老师送去的。过几天,你们只要上我家来拿光盘就是了。"

那些人以前曾找吴长乐谱过曲,和赵小二也面熟,于是便放心地把歌词本和定金留下,高高兴兴地走了。等一个星期过后再来,他们果然拿到了光盘。那刻在光盘里的曲是谁谱的?写的是吴长乐的名,谱曲的其实是赵小二!

　　整整半个月，有二十多个人先后通过这种方式拿到了这样的光盘，他们不知道内幕，一看"吴长乐曲"，银货两讫，欢天喜地。

　　再说吴长乐，左等右等不见有人上门，不觉有点纳闷：这阵子怎么竟会没人来找我？一天，他接了个电话，是县里主管民歌大赛的头儿打给他的，说："吴老师，您这回谱的二十多个曲子，跟以往风格不一样啊，不像是您的嘛！"

　　吴长乐听了大吃一惊：是谁在冒充我的名字？他气呼呼地来到剧团，见挂在门口的指路牌不见了踪影，去问赵小二，竟然在他家墙角落里看到了那块牌子。他这才明白原来是自己徒弟在捣鬼，顿时气得眼前一阵发黑，送到医院后还一直昏迷不醒。

　　这一来，赵小二和他老婆做下的事就在剧团里沸沸扬扬地传开了。夫妻俩很惭愧，便把冒名谱曲赚来的一万块钱捧去医院，在昏迷不醒的吴长乐病床前跪下了。赵小二痛哭流涕道："吴老师，对不起啊，我不该冒您大名赚黑心钱，现在我把它们都拿来给您了，您快醒醒吧！"赵小二说完，就把这沓钱放在吴老师的枕头边。

　　也许是因为吴长乐的耳朵碰到了这沓钱，他动了动，眼睛睁开了，看着赵小二，突然语重心长道："小赵啊，人穷，但志不能穷。你虽然跟着我学了这么多年，可从来没有像模像样地完整作出过一个曲子来。这怨谁？怨你自己没本事！你能冒用我的名字，但我的风格你偷得了？人家一听曲子就知道不像我的风格，你能蒙谁啊？记住，钱你拿去吧，但不能坏我的名声。"

　　赵小二和他老婆哪里敢拿这钱啊，怀着做了贼一样的心赶紧回家。

　　几天后，吴长乐出院了，赵小二上门负荆请罪，将他这些天自说自话作的曲子和做的光盘都带了去，请吴长乐看。吴长乐提了很多意见，还拿起笔作了大量修改，特别是被选送到省里去参加比赛的那首《母鸡抱小鸡》的曲子,他整整改了一天,然后重新将它做成光盘。

十天后,民歌大赛正式开始,并向全省做现场直播。这天晚上,吴长乐早早地就坐到了电视机前,老伴还给他沏了一壶"铁观音",他一边美美地品着,一边欣赏着直播表演。

清河县选送的《母鸡抱小鸡》,是由一个年轻姑娘主唱的,吴长乐简直看得目瞪口呆,当主持人最后宣布这个节目获大赛一等奖时,吴长乐竟像傻子一样愣在了那里,半天说不出一句话来。

老伴觉得挺奇怪:"老吴啊,你这是咋啦? 又不是头一回得一等奖,今天咋就这么激动哪?"

吴长乐连连摇头:"这奖不是我的,得奖的不是我!"

原来,这个获得一等奖的《母鸡抱小鸡》,那姑娘唱的是赵小二谱的曲,并不是吴长乐后来改了的曲子。那天县里主管民歌大赛的头儿打电话给吴长乐,说这回作的曲子不像他以前的风格,实际上是夸他这些曲子作得好,却不知道这都是赵小二冒名顶替吴长乐作的。后来吴长乐把曲子改过后,大家反而觉得没以前的温婉动听,所以最后送去省里的,就还是原先赵小二作的那曲子。

当晚,吴长乐又羞愧又激动地给赵小二打电话,谁知他宿舍里没人接。第二天,吴长乐一大早就赶了去,却见他宿舍门上挂着一把大锁,剧团里的人说,赵小二觉得自己没脸再呆在剧团,已经带着老婆去南方打工了。

吴长乐顿时愣住了,心里真是愧恨难当,嘴里不由喃喃道:"叫赵小二回来! 回来⋯⋯"

（范菊明）

（题图:魏忠善）

黑 白 乾 坤

善与恶，两个不同的方向，一对不同的力量。若没有人性之恶，世人又怎能懂得善的珍贵？

龙灾

　　腊月二十四刚过,青树乡园塘村年轻的村主任就乐颠颠地从乡政府带回一条特大喜讯:正月十五闹元宵,园塘村的稻草龙将作为县龙灯代表队,去参加全市"百龙大赛"。消息传开,全村立刻沸腾起来,村民们骄傲地说:"嘿,咱们的稻草龙要去市里扬名显威啦!"

　　说起园塘村的稻草龙,它的确十分奇特,不但在县里,就是在全市也是独一无二的。已经说不清是哪朝哪代的事了,这一年夏天,园塘村一带先遭旱灾,再遇蝗祸,黑压压的蝗虫铺天盖地而来,转眼工夫就把地里的庄稼啃了个精光,园塘村人个个愁得茶饭无心。一天夜里,村里德高望重的老族长做了一个奇怪的梦,梦见无数支稻草火把汇成一条游龙,在庄稼地里飞舞,过后不久,那黑压压的蝗虫就被这火龙给烧了个精光。老族长一觉醒来,惊讶万分:难道这是老天给的旨意?他当即把全村人召集起来,如此这般一说,大家就立即行动起来,用这办法一试,果然灵验。从此用稻草扎龙、耍龙,便成了园塘村人的一大娱乐特色。

园塘村人耍龙自有一套路数,耍龙的队伍叫"灯队",起首人叫"灯头",至于怎么起灯,怎么舞龙,怎么散灯,都有一套专门的讲究哩。

师承相传到今天,园塘村这一代人的灯头叫徐加广,已经年近古稀,村里人都叫他加广大爹。村里的灯队要代表全县去市里比赛,加广大爹当然高兴,不过他觉得自己虽说身板还硬朗,但毕竟年纪大了,腿脚不灵便了,万一赛场上有个闪失,不但毁了自己的英名,也会给园塘村抹黑,所以他就加紧给徒弟传授技艺,徒弟年纪轻,脑子活,加广大爹觉得让他当灯头准能行。

到了除夕这晚,加广大爹教罢徒弟回到家,刚吃罢年夜饭,准备坐在火炉边抽烟守岁,只听门外村主任亲亲热热一声喊:"加广大爹,给您拜早年来啦!"

加广大爹开门一看,除了村主任,还有一个陌生面孔,不认识。

村主任推推加广大爹,说:"还不快把客人请进屋?这是乡长,特地给您拜年来啦!"

"什么?"加广大爹愣住了,心想:乡长怎么会来给我拜年?他傻傻地站在那儿,结果还是村主任替加广大爹招待起来。

乡长双手抱拳,给加广大爹道福说:"大爹,恭喜发财,万事如意啊!"

村主任在一边说:"加广大爹,您德高望重,声名远扬,这不,乡长不但亲自来给您拜年,正月十五市里的百龙大赛,还非得请您亲自当灯头去表演不可,是市长点名的呢!"

"这……"加广大爹本想说他想让徒弟去的话,但一看到乡长满含期待的眼光,到嘴的话就不得不缩回去了,领导亲自登门来请,自己哪能不领这个情呢?于是便点点头,激动地说:"我不过是耍龙的角色,领导这么看得起,这个灯头我就再当它一回。"

"太好了!"乡长一把拉住加广大爹的手,"大爹,那就拜托您啦!县里通知已经下来了,要求灯队初四就去县城芙蓉宾馆集中,体育馆场地也空出来了,专门给你灯队训练用。"

县上对灯队去参赛的事情安排得这么具体,不要说加广大爹,就连村主任也觉得有点出乎意料,看来这次赛事意义非同寻常。于是在送走乡长之后,村主任就连夜通知全体灯队队员加紧做赛前准备,过年这几天大家也没好好休息,对舞龙的一套路数推敲了又推敲。

大年初四,加广大爹带领全体灯队队员来到县里,住进宾馆,大家每天一早就去体育馆排练,县文化局还专门派了一名舞蹈专干协助,对传统龙舞进行改革,融入现代意识。

可是,正当大家摩拳擦掌练得带劲儿时,这天晚上乡长来宾馆看望大家,嘘寒问暖过后,他面带难色地悄悄对加广大爹说:"大爹,稻草龙这次参加全市比赛,这是园塘村的光荣,也是乡里的光荣,可您不知道,这次比赛,灯队的训练费用一天就得上千元,服装和道具的制作档次比以往任何一次都高,可县里拨给灯队的经费却十分有限,所以这个缺口非常大。怎么办?我们思来想去,觉得还是要依靠群众来解决这个问题,所谓'众人拾柴火焰高'嘛。全乡十五万人口,我们考虑准备发动群众捐款,每人一元,多捐不限。所以,为了做好捐款这件事,我想请您老人家在电视里给乡亲们讲几句话,一来汇报情况,二来发动募捐。只要把填补这个缺口的钱落实了,你们灯队参赛夺奖也就有了保证。"

可加广大爹一听乡长要他上电视讲话,心里就慌了,说:"乡长,我没多少文化,嘴巴子又笨,讲不出个道道来呀。"

"没关系!"乡长拉起加广大爹的手,笑笑说,"我会让乡里的广播员小王来帮您。"

青树乡大半农户都有电视机,他们从荧屏上看到灯队加紧训练和精心制作道具的情况介绍,特别是加广大爹的一番讲话。这些乡民经济并不宽裕,有的甚至还很穷,可他们都有很强的荣誉感,因此几乎没费多少口舌,十多万元参赛费用很快就募捐齐整。

很快,元宵节来临,百龙大赛正式开始了,市委大院内张灯结彩,那热闹景象正可以用得上"火树银花不夜天"来形容。晚上七时整,稻草龙灯队按序准时来到赛场,灯头加广大爹今晚亲自舞珠,他上穿红色对襟镶边衣,下着红色中式镶边裤,头扎英雄结,腰系英雄带,背不弓、腰不弯,还没上场,这身精精神神的打扮就已经把大家的眼光吸引住了。

此时,大赛场内充满了一片欢度良宵、其乐融融的喜庆气氛,在主持人宣布大赛开始、市长作了简短讲话之后,霎时间,鞭炮震耳,锣鼓齐鸣,整个赛场成了欢乐的海洋,人龙、纸龙、七巧龙、疙瘩龙、滚地龙、板凳龙……一支支龙队依次登场,等稻草龙出场的时候,全场气氛达到了高潮,大赛导演特地安排园塘村灯队压轴,意图自然十分明显,让全场观众在大赛结束后依然对舞龙表演余兴未尽,回味无穷。

稻草龙灯队也确实没有辜负导演的这番苦心!当加广大爹双手擎珠带领灯队绕场一周,向全场观众拜年时,大家的眼睛不由粲然一亮,因为他们发现这支灯队的稻草龙制作真是独特,既有传统的民间艺术特色,又有新潮气派的时代感。你看,龙头雄伟,龙鼻高翘,龙角坚挺,龙须飘冉,龙眉为黑色,龙牙为白色,龙嘴能张合,龙眼能开闭,龙身全部由金黄色的稻草编织而成。更妙的是,在腾飞跃舞的金龙旁,还有八只彩凤分列左右,凤头高昂,凤眼传神,凤翅伸展,凤尾屏开,那飘然若飞的凤姿,博得大家阵阵喝彩。

绕场一周之后,稻草龙灯队进入场地中央,加广大爹精神抖擞,使出浑身解数以珠引龙,只见他闪跳腾挪,上跃下弓,前俯后仰,左盘右旋,戏龙、滚龙、蹿龙、游龙、腾龙、拖龙、挽龙……十八种套路套套融合、路路贯通,逗引得稻草龙跪舞、仰舞、卧舞,姿势灵活多变,左右上下翻飞,给全场观众一种大风起兮、紫气东来、祥光普照、如诗如幻的感觉。

整个稻草龙灯队的表演持续了将近一个小时,加广大爹毕竟上了年纪,舞到后来,他只觉得头脑发晕,眼冒金星,心口滚热,一身汗湿,但还是拼命咬牙坚持到最后,带领众队员在场子中央完成"太极图"队形,绕场一周后才结束。

当主席台上的评委们最后一次亮出分数后,园塘村的稻草龙灯队无可争议地夺得了这次百龙比赛的冠军。加广大爹代表灯队上台领奖,市长握着他的手热切地说:"老英雄,辛苦了,我们感谢你!"

加广大爹和灯队全体队员都激动得热泪盈眶。

当晚回到宾馆,已是深夜,加广大爹吩咐队员们早早休息,因为按照以往惯例,大赛结束后,灯队会去全市各县各乡巡回演出。可谁知第二天一早,队员们刚刚吃完早饭,乡里就开来了大卡车,说是来送大家回村。

"怎么不下去巡演了?"加广大爹和队员们都愣住了。

"哼哼,"开车的司机一阵冷笑,从驾驶窗里探出头来说,"怎么不演?昨天你们不是演得挺卖力吗?这回在领导面前露够脸了吧?"

"你……你这是什么意思?"加广大爹脸上挂不住了,"我们不正准备下去巡演吗?"

"巡演？谁通知你们要去巡演？哼,说得好听,什么'众人拾柴火焰高',尽是屁话! 早知道你们这是演给那些头儿脑儿、七姑八姨看的,我连一分钱也不会捐。"

大家一听司机这话更愣了:这究竟是怎么回事? 他们追着司机问,这才知道,昨天那场比赛,其实完全是为市里那些大小领导和他们的妻儿老小、七姑八姨准备的,至于场上那些观众,只不过是请来陪衬罢了,表演一完也就散了。

知道了事情真相,加广大爹怎能不咯血? 他咬着牙说:"不行,我得找乡长去,巡演的事就是市里不组织,乡里也可以组织呀,大家募捐了这么多钱,这钱就该用在大家身上。"

"嘻嘻,你这个大爹呀,还真是白活了这把年纪! 乡长现在哪还有时间见你? 数钱都数不过来呢!"

"什么?"加广大爹闻听司机此言浑身战栗,再三追问,司机才告诉他说,先前乡里大家捐的那十几万元,真正用在灯队表演上的不过就是三四万,余下的乡里那班人吃的吃、喝的喝,剩下的乡长说由他保管,鬼知道他用这钱干吗去呢。

这些开车的司机都是乡政府机关车队的老驾驶员,消息特别灵,加广大爹和队员们不能不信他这话。

加广大爹如同从一场恶梦中醒来,深感自己被利用了,他又恼怒又悔恨,又伤心又羞愧。一气之下,也不知哪来的力气,他把稻草龙拖到停车坪前面的空地上盘作一堆,"嚓"地点起一把火,顿时,空地上火舌乱舞,烈焰腾空,熊熊的火光,映着灯队队员们一张张惊愕的脸,映着加广大爹脸上两行浑浊的老泪……

(梁贤之)

(题图:魏忠善)

不是故意伤害你

学校里放寒假了,李老师由于赶写一篇关于素质教育的论文,就留在学校,没有回家。

这天上午九点钟,李老师忽然接到派出所打来的电话,让他马上去一趟。放下电话,李老师心里不由起了疑:难道是昨晚家里被盗了?李老师和妻子一直分居两地,儿子小奔一放假就到他妈妈那里去了,家里最近一直在唱"空城计"。

李老师急匆匆赶到派出所,果然不出所料,他家里昨晚确实被盗了。

接待李老师的是一个胖乎乎的民警。胖民警告诉李老师,昨晚他值夜班,夜半时分他去街上买烟,在李老师家楼下看见一个少年,穿的衣服非常破旧,可是身上背的却是一只八成新的名牌旅行包。

胖民警觉得这个少年形迹很可疑,立刻上前盘问,那少年果然很紧张,支支吾吾话也说不清楚,胖民警于是就把他带到了派出所。

在派出所里,少年坚持说旅行包是他自己的,可当胖民警打开旅行包时,却发现里面暗兜里缝着一个写有"向阳中学初二(3)班李小奔"字样的小布条。正是通过这一线索,胖民警才辗转找到了李老师。

说完,胖民警就递过旅行包,让李老师辨认。

李老师接过一看,认出这正是自己儿子小奔今年春游时问他要了钱去买的那只包,这不,布条上的字还是李老师亲手写上去的呢。李老师正要向胖民警道谢,胖民警这时又给他递过来一沓钱,说:"李老师,我们还在包里发现有一千五百块现金,你清点一下,最好马上回家去看看,还丢了其他什么东西没有?"

李老师一听,从胖民警手里接过钱,就急急忙忙赶回家去了。还好,他踏进家门一看,家里并没有想象中的那么凌乱,再仔细一检查,门窗和柜子都没有被撬的痕迹,也没有发现其他什么东西丢失,甚至连放在抽屉里的钱也一分不少。李老师这就奇怪了:小奔包里的一千五百块钱是从哪儿来的呢?他又怎么会有这么多钱呢?

突然,李老师脑子里闪出一个可怕的念头:难道小奔认识派出所里的那个少年?难道他们在一起干了坏事?青春期的孩子都有一种强烈的好奇心,一旦受坏人诱惑,极容易走上歧途,想到这里,李老师不由打了个寒噤,他在沙发上坐下来,仔细考虑了一会儿,便拿起电话拨通了妻子的手机,简单把情况给妻子说了一下,让妻子先别告诉小奔,马上带他回来。

妻子上班的地方离这儿有几小时车程,等他们回来的这段时间里,李老师真是心急如焚哪!下午,当妻子带着小奔刚踏进门,李老师就对小奔说:"小奔,做错了事情要勇于承认,及时改正就是好孩子,你明白爸爸的意思吗?"

小奔一愣,惊讶地问道:"爸爸,出什么事了? 为什么我刚到家你就急着给我上政治课呀?"

李老师见小奔完全像是没事儿的样子,就将那只从少年手里拿回来的旅行包往桌子上一放,说:"你给爸爸解释一下,这是怎么回事?"

小奔看见旅行包,顿时就惊呆了,满脸疑惑地说:"爸爸,这包怎么会在你这儿的? 我在夏天的时候就已经把它捐给灾区了呀,怎么……"

"什么?"李老师一听,突然明白了什么,抓起旅行包就飞身冲出了家门……

傍晚时候,李老师从派出所里领出了那个少年,此时他知道,这少年叫柱子。柱子默默地看着李老师一言不发,李老师也不知该怎样安慰他才好。

沉默了一会儿,李老师从口袋里掏出三百块钱,连同旅行包和包里的一千五百块钱,一齐递给柱子,说:"孩子,我们误会你了,你快拿上吧!"

这时候,柱子充满敌意的眼睛里流下了两行泪水,他指着前面不远处一栋马上就要竣工了的商品楼,对李老师说:"俺在这个工地打了大半年工,好不容易攒下了一千五百块,这是我重新上学的钱。俺只不过是想在临走前再看一眼俺和师傅们一块儿盖起的楼,他们咋就恁……"

柱子说到这里,不觉哽咽起来。他拉开旅行包,拿出那一千五百块钱,然后把包和三百块钱塞还给李老师,说:"叔叔,您是好人,可这东西俺再也不想要了,俺怕别人再把俺当成小偷。"说完,他头也不回地转身跑了。

望着柱子远去的背影,李老师心里只觉得一阵阵刺痛……

(赵希峰)

(题图:安玉民)

真是看不懂

　　王七的女儿进县城打工已经一年多了,听说在一家皮衣厂上班,工作挺忙,所以一直没回过老家。王七挺想念女儿,这天正好进城办事,办完之后就特地找到那家皮衣厂。可一打听,却说他女儿早被老板辞退了,至于后来去了哪里,谁也说不上来。

　　王七觉得很扫兴,又很着急,在大街上团团转,不知如何是好。同来的兄弟马生提醒王七说:"咱不如去找找李根福?"

　　王七一听:"对呀!"

　　李根福是王七和马生儿时的玩伴,现在就在县里当领导,是一个什么部门的副书记。王七心想:让他给女儿找个工作,应该不难吧? 不过王七也有些担心,因为李根福进城多年了,当官后就再没见过,王七怕自己高攀不上。可他再一想:当年一块儿放

牛时,李根福不小心摔伤了腿,还是自己背他回的家,后来整整
三个月李根福躺在床上养伤,自己还天天来陪他,这李根福总不
会忘记吧?

这么一想,王七就壮起胆,拉着马生去找李根福。两人一路
打听,转了三趟公共汽车,又走了好长一段路,才找到李根福的
办公地。王七在门口左右张望,寻思着怎么与李根福联系上,他
觉得应该先给李根福打个电话,于是便去问门卫。

门卫一听他们要找李副书记,便帮他们把电话打到秘书那
里,不巧秘书说李副书记开会去了,要到中午才能回来,没法子,
王七和马生只能在门口耐心等着。

果然,中午十二点刚过,一辆黑色轿车从王七身边驶过,在
办公楼前停了下来,随即就从车上下来一个人。王七很熟悉这
个身影,虽说好多年不见,但在电视里还是能经常看到,他顿时
就激动起来,大叫一声:"根福!"

马生一听,赶紧扯王七的胳膊:"怎么搞的,这你都不懂? 你
得喊他'李书记'!"

李根福这时候已经回过头来,先是皱了皱眉,然后"哦"了一
声:"你是……"

王七赶紧说:"我是王七,和你一个村的,王七呀!"

李根福又"哦"了一声:"是月溪村的……"

王七连声说"是",马生也在旁边使劲点头。

"有事么?"李根福问道。

王七一时不知再怎么开口,只好摇摇头,说:"没事,没事。"

李根福笑了笑,说:"那就吃餐便饭再走吧,到中午了。"

王七不知怎么表示,只是心里觉得很冷,不知道李根福到底
现在还记不记得自己。

这时候,秘书下楼来了,躬身接过李根福手里的公文包,然
后便按李根福的吩咐,要带王七和马生去饭厅吃饭。

见李根福并没有一起去的意思，王七心里很不是滋味，不禁脱口道："根……李……李书记，我……我有话想对你说。"

"先吃饭，吃了饭再说。"李根福朝王七摆摆手，又对秘书说："小陈啊，要个包房，点几个好菜，他们是从我老家来的。我有个应酬，待会再来。"

李根福交代完就走了，王七和马生只好闷闷地跟着小陈去包房，三个人喝着闷酒，都不太说话。

好在最后李根福还是来了，他一坐下，就指着一桌菜对王七和马生说："吃，吃，多吃点，这些菜你们在月溪都难吃到的。"

李根福这话也没说错，可在王七和马生听来心里就觉得别扭，好像他们来就是为讨这口饭吃的。而且他们还发现，李根福说的是一口变了调的官话，难道他在家乡人面前居然连家乡话都不会说了？

"你……我都忘了你叫什么名字来着？"李根福端起酒杯喝了一口，问王七。

王七陡然觉得一盆凉水从头浇来，只好自报家门："王七，我叫王七，你……你以前都叫我阿七的。"王七还不死心，他还想唤起李根福对他们以前彼此友情的一点回忆，他一边回答，一边还起身朝李根福点了一下头。

李根福示意王七坐下，不紧不慢地点着头，说："阿七？哦，是有个阿七，那都是老早的事啦！"

王七顿时脸一红，又站起身来，说："我敬李书记一杯酒！"说完，将一杯酒喝了个精光。王七平时很少喝酒，所以一杯酒猛喝下去立刻就有了醉意，头轻轻地摇晃起来，话自然也多了，最后竟凑上去握住李根福的手说起了老家的土话："福……福娃，你生来就有福相，你是我们村里的福星哩……"

可他这话还没落音，李根福就把手从王七手里猛抽了回去，脸也拉长了。

　　小陈虽然没听懂王七说的土话，但王七开口那声"福娃"他还是领会出来了，所以赶紧给王七递眼色，马生也在旁边悄悄捅了王七一拳。

　　王七这才意识到自己犯错误了：福娃现在是有身份的人了，怎么可以随便叫呢？应该叫他书记才对啊。于是，他赶紧又对李根福说："福……福书记，什么时候回乡里去看看？"

　　王七这一叫，李根福的脸是彻底拉长了，他对小陈说了一句："我还有个会，先走了。"随后就看也不看王七一眼，起身就走，只听得包房门重重一声响，拉开，又"砰"关上了。

　　小陈一看，狠狠朝王七瞪一眼，紧跟着也走了。

　　马生立刻责怪王七："你明明知道他是副职，还这么叫他，你这不是在刺激他吗？也真是的，你说普通话不就好了？'福'和'副'就不同音了！唉！"

　　王七此时心里也懊恼不已：本想好好说说女儿的事，没想反而得罪人家了。心里一郁闷，他醉意更大了，被马生扶出门的时候，嘴里不停地嚷嚷："我刚才说什么了？我什么也没说吧？他李根福是福书记，我叫错了？没叫错，我没叫错呀……"

　　马生看他这副样子，说："七哥，你醉成这样，今天怕是回不去了，我们还是找个地方住下算了。"

　　两人于是挤上一辆大巴，打算去城郊找一个便宜的旅社住一晚。刚上车，女售票员就对马生说："请买票，二块钱一张。"

　　马生一愣："怎么一张票要二块？别是欺负我们乡下人吧？"

　　女售票员解释说："这是空调车，所以就比普通车贵了一块。"

　　坐在前面的一个时髦女郎不屑地嘀咕了一句："少跟这些乡巴佬啰唆，他们拎不清的。"

　　王七这话倒是听进去了，立刻大叫大嚷起来："乡巴佬？什么乡巴佬？哈哈，乡巴佬……"

他还要说什么，马生忽然扯他一把："七哥，她好像是春巧哎！啊，真是她！七哥，你看，她真是你女儿春巧哎！"

那时髦女郎惊讶地回过头来，脸上的表情突然僵住了。

王七定神一看，简直不敢相信，眼前这个浓妆艳抹的女子，竟就是已经一年多没有回家了的女儿春巧。他脱口大叫："巧儿！"

那时髦女郎半天才回过神来，脸上一片绯红，只好站起来，帮王七和马生把车票买了。

马生笑说："春巧，你现在可不是乡巴佬了哦！"

春巧一副爱理不理的样子，一句话也不说。

王七此时不由想起了李根福，别说人家变，自己女儿进城才一年多，就变得连爹都好像不认得了。看着春巧这副样子，王七忍不住朝司机喊了一声"停车！"

春巧嘴一撇："又没到站，停什么车？爹地，你也真是的。"

王七乍听春巧叫他一声"爹"，心里似乎好受了些，可突然发现这"爹"后面怎么多了一个"地"？这是什么意思，他大惑不解。

王七正想着，春巧随口又问了他一句："爹地，妈咪还好吧？"

王七一愣："妈咪"是什么意思？她是想家里那只猫咪了？于是便说："早送人了，懒得养。"

谁知春巧眼睛瞪得老大："什么？爹地，你把妈咪送人了？"

倒是车上的人听出了他们话里的意思，"哄"地一声忍不住全笑了起来。

马生在旁边站不住了，赶紧拍拍王七的肩，打哈哈说："七哥，春巧这是关心家里那只猫，也没错嘛，城里人就是喜欢这猫呀咪呀什么的。"

春巧被马生说得哭笑不得，心里也知道是怎么回事了，嘴里不由迸了一句："去你妈的！"

这时候，王七又抬高嗓门喊司机停车，司机扭过头来狠狠瞪王七一眼:"神经吧,你?"

王七没办法,只好摇头直叹:"变了,都变了。"

好容易等到进站停车,王七看看春巧,说:"巧儿,下车吧,爹有话对你说,爹这就是为找你来的哩。"

等春巧不耐烦地跟着下了车,王七赶紧问她:"巧儿,告诉爹,你如今在城里做什么? 今年回不回去?"

春巧的眼影画得很重,看起来有些吓人,她眼珠子不停地转动着,对王七说:"反正我有事做,到时候给你们寄钱就是了。"

王七一时语塞,正不知该怎么对春巧说下去,春巧却突然闻到王七身上有股酒味儿,她很好奇:"爹地,你们买二块钱车票都嫌贵,怎么舍得喝这么多酒?"

王七赌气说:"还不是那个姓李的,人家现在当着官,他请的客,这么多菜,当然得喝酒啦。"

春巧眼睛一亮:"爹地,你说什么? 当官的请你的客?"

王七说:"小时候他跟爹玩得最好,可现在……"

春巧来不及等王七说完,就抢过话头说:"爹地,你说的原来是他呀! 你知道他现在跟谁玩得最好? 我告诉你吧,玩得最好的,是我们那里一个最漂亮的……嘻嘻!"

王七听得目瞪口呆,正要张嘴问个明白,没想春巧连忙把他的嘴捂住:"不要乱说,爹地,注意保密。"

王七还来不及再开口,春巧头一偏,又说:"我最近很忙,爹地,你先回去吧。记住,下次他再请你吃饭,你一定要叫上我,这样的好事可不能忘了你女儿哟! 给,这是我的手机号,我走了。"

望着春巧远去的背影,王七一下拉紧了马生的手,因为他突然感觉自己竟有点认不清方向了,大街上车来车往,他觉得自己几乎要被淹没在一片喧嚣里……

（袁雅琴）

（**题图**:安玉民）

405
的
客
人

　　王文是富平市委办公室副主任,这天他接到紧急任务,要连夜起草一份重要报告,于是吃过晚饭,给爱人李芬打了声招呼后,他装了满满一密码箱的文件资料,就直奔富平宾馆。办公室秘书已经在宾馆为王文订下了四楼405房间,今晚王文尽可以在里面安静地工作一个晚上,把报告稿拿出来。

　　富平宾馆既是富平市委招待所,也是富平城里一家豪华的星级宾馆,入住的都是有钱有身份的人。可也就是因为这个原因,这里也成了一些心存歹念的人惦念的地方。这不,当王文提着密码箱出现在宾馆大厅时,一下就被两个人盯上了。

　　这两个人就是小姐赵丽和小偷张元标,他们两个人互不认识,但当时都在大堂茶吧里一边喝茶,一边搜寻"猎物",看到提着密码箱进来的王文,两人不约而同眼睛都亮了:赵丽怎么看怎么觉得王文像个有钱的文物贩子;而张元标怎么看怎么觉得王文像个刚做老板的暴发户。于是两个人都先后起身一路跟踪上去,一直目送王文走进405房间。张元标盯在四楼找机会,而赵丽则回到了大堂,她准备先打个电话探探路。

王文呢,他走进房间后刚把密码箱往桌上一放,手机就响了,是市委书记来的电话,让王文马上到他办公室去一下,说是有一些新的想法要和王文谈一谈,让他写进报告里去。王文于是急忙关了房门,下楼离开了宾馆。

正在四楼蹲守的张元标看到王文只身离开宾馆,走廊上又没人走动,感到机会来了,于是就急奔到405房间门口,掏出工具三下两下打开门锁,进去后把门反锁上,然后就直扑密码箱。他用同样的手法迅速把箱子打开,兜底翻了起来,发现里面都是一叠叠纸,写过字的和没写过字的,除此之外没有任何值钱的东西。他胸闷啊:怎么今天碰上这么个穷光蛋?

张元标正狠狠地骂着,房间里的电话突然"叮铃铃"响起来,他赌气地想:管他是谁,先骂一顿消消气再说,反正我什么都没拿。于是一把抓起话筒,一听,里面却传来一个娇滴滴的声音:"先生,您好!请问您需要服务吗?"

打这个电话的正是赵丽,可赵丽不会想到现在房间里已经换了人。而电话这一头,张元标心里却乐不可支:东西没偷到,送上门的小姐要是能享受一下,也不白来这一趟呀!于是他赶紧对赵丽说:"行行行,你现在就过来吧。"

放下电话,张元标将密码箱一关,兴奋地往宽大的席梦思床上一躺,就等着美女上门。可没想赵丽敲开门一看,立刻就认出张元标不是刚才提密码箱的人,就站在门口迟疑着,没有再进房间。

张元标急了,一把将赵丽拉进房,关上门,解释说:"刚才是我接的电话,我让我手下去另一个房间了。"

赵丽看看房间里果真没有其他人,密码箱正放在桌上,心一横:管他是谁呢,有钱就行。于是不待讨价还价,不待酝酿情绪,就让张元标在床上"直奔了主题"。

随后,赵丽去了洗手间。张元标一看,赶紧趁这个时候穿上衣服溜出房间,因为走得慌张,在走廊上还撞到了一个女人。

这女人便是王文的爱人李芬。王文离家后,李芬一个人坐在客厅里看电视,电视里正在播一个描写婚外情的片子,当演到男主人公瞒着老婆与情人在宾馆开房间幽会时,李芬心里不知怎么"咯噔"了一下。李芬和王文两口子感情很好,以前王文也有在办公室或者宾馆因为写材料彻夜不归的时候,李芬从未有过怀疑,可看了这个电视剧,李芬突然感到坐卧不安起来,最后决定还是去宾馆看看。

李芬来到 405 房间门口,只见房门虚掩着,从里面传出一阵"哗哗哗"的水声,不由嘀咕了一句:"怎么洗澡也不把房门关上?"可是当她轻轻推门进去一看,却傻了眼:席梦思床上被子凌乱不堪,还丢着女人的内衣和胸罩,沙发上散着女人的坤包,而王文那只密码箱就端端正正地放在桌上。

李芬心里的火立刻"腾腾腾"地直往上蹿,她冲过去,一脚踹开卫生间的门,果真看到有女人在里面洗澡,不由分说上去揪着对方的长发就是一阵猛打。洗澡水溅了李芬一身,流了卫生间一地。

这种场面赵丽可不是第一次领教,她一边光着身子左躲右闪,一边在嘴里辩解:"你凭什么打我?是你老公自己叫我来的!哼,有本事管住你自己老公去!"

李芬一听对方这么说,心里就觉得十分委屈,两行泪水立刻"哗哗"流了下来。她停了手,让她穿上衣服出来,恨恨地问:"说,他躲哪儿去了?"

赵丽见张元标不见了影,心里也火啊,气哼哼地说:"我也想知道呢!他一分钱都还没给过我呀!"

就在这时候,只听房门一响,王文进来了。

赵丽不知道来的是李芬的老公,指着王文对李芬说:"这是你老公的马仔,你问他吧!"

可是李芬根本就没顾上好好想想对方这话,她回头看到是王文,一头就朝他撞过去。

王文惊讶得连连后退,指着赵丽问李芬:"她是谁?你们在这里干什么?"

李芬不依不饶地又哭又闹:"哼,你吃了腥还不认账?你吃了腥还不认账!"

"不是他,那个人真不是他,"赵丽一边拉开李芬,一边急着向王文伸手,"你替老板付钱也一样,反正不给我钱你们就别想走!"

李芬简直气坏了:"你还敢要钱?"

李芬逼着王文坦白前后经过,最后总算把关系搞明白,方才知道自己白生了一肚子气,冤枉了王文,错打了赵丽。

忽然,这时候405的房门又被推开了,进来的是保安,还带着张元标。

保安问:"先生,我们怀疑这人是小偷,他说刚才是从您这房间出去的,请您看看丢了东西没有?"

王文真不知道该怎么跟保安解释,心中暗叹:看样子,按各自轨道运行的星体,也有互相碰撞的时候啊!

(邱同强)

(**题图**:安玉民)

天上掉馅饼

　　乞丐"小安徽"住在城郊一处废弃的砖窑里,每天夜晚,附近一些被主人遗弃的野狗、野猫就会来这里游来荡去,它们骨瘦如柴,浑身脏兮兮的,小安徽看到了,就把它们收养了下来。可令人意外的是,经过一段时间调养,小安徽的这些宠物个个身强力壮,毛皮放光。这就奇怪了:一个连自己温饱都无法保证的乞丐,是怎么让他的宠物大军走上富裕之路的呢? 一个晚报女记者对此产生了兴趣,于是这天上午,她特地去废砖窑采访小安徽。

　　女记者走进废砖窑的时候,小安徽正半躺在一张从垃圾场捡来的旧席梦思上,宠物们簇拥在他四周,它们有的卧着,有的躺着,有些调皮捣蛋的还互相追逐嬉闹,砖窑里充满了一片生机。

　　女记者看到这个场景感到非常好奇,于是便在小安徽对面坐下来,开始了她的采访。然而宠物们对这个不速之客却十分警惕,都瞪眼瞧着,后来见小安徽和女记者侃侃而谈,才认可了她。于是,狮子狗来舔她的脚,狐狸狗来衔她的衣衫,花猫冲她"喵喵"直叫,有只老猴子竟攀上了她的肩胛。女记者被宠物们搞得狼狈不堪,直到小安徽笑着将它们喝退,她才得以解脱。

　　女记者好奇地问小安徽:"你平时拿什么东西来喂它们呢?这么多猫狗,一个个又这么活泼,它们的食量应该很大呀?"

　　谁知小安徽却轻松一笑,回答说:"天上掉馅饼呗!"

　　女记者糊涂了:天上掉什么馅饼? 谁给你馅饼?

　　小安徽从席梦思上爬起来,探头朝窗外看看,对女记者说:"开饭时间到了,走,我让你亲眼去看看,天上是怎么掉馅饼的。"

　　于是,小安徽大步走在前,猫狗猴子们排队跟在后,这支队伍走啊走,走了大约二十多分钟,在一堵围墙前停下了。

　　女记者注意到,这堵围墙里面,是一排六层楼房,只见小安徽吹了一声口哨,这些猫狗猴子就纷纷朝围墙上跳,随后就扯开喉咙叫起来。这时候,楼房里那一扇扇窗就打开了,从窗里探出一个个脑袋来,有男的,有女的,他们嬉笑着,打闹着,将手里的东西雨点般地往下扔。

　　女记者一看,这些东西有饼干,有蛋糕,有火腿,有香肠,反正都是吃的,什么都有,下面猫狗猴子有的用爪子接,有的用嘴叼,你争我抢,狼吞虎咽,这般猴急相逗得楼上窗户里的人哈哈大笑。当然,小安徽也趁机填饱了自己的肚子……

　　女记者眼界大开,这才明白小安徽说的"天上掉馅饼"是什么意思。她想笑,笑不出来;想哭,又没有眼泪。因为小安徽告诉她,这楼,是一所贵族中学的宿舍。

（宁书科）

（**题图:**安玉民）

他为什么不合格

县政府决定建一幢豪华办公楼,建造资金通过全县各单位集资。县四中也分到了任务,平摊下来,每位教师的集资额是一万块。为了保证完成任务,校长在动员大会上慷慨陈词,再三强调建楼的必要性和重要意义。

王平和他妻子都是四中的教师,每人一万块,两个人就要交二万块。教师工资本来就低,平时还时不时地要来个捐款什么,这回可好,哪拿得出这么多钱啊?他们再看身边那些同事,也都一个个唉声叹气。

一个星期过去了,全校教师没一个交款。

眼看就剩最后两天了,校长又一次召开紧急会议动员,并且下了死命令:无论是谁,如果到时候不交钱,立即清理出教师队伍。校长同时还宣布:为了提高大家积极性,教育局已经决定,各校今年的模范教师指标,全部给交集资款早的人,谁第一个交,谁就是模范。

会议还没结束,教师们就已经议论纷纷。

回到办公室,有同事问王平:"王老师,你钱凑够了吗?"

他这一问,周围人都把目光盯在他身上。王平平时在同事们中间有点威信,大家此刻都想听听他的意见,可王平除了苦笑还能有什么法子? 他朝大家两手一摊,说:"本来日子就过得够紧巴的,再凑,拿什么来凑?"

旁边又有人问:"王老师,那我们怎么办?"

王平心一横,准备豁出去了,说:"反正我拿不出钱来,随它去。"

王平这话一出口,当即就有人表示赞同:"王老师不怕,我们怕什么?"

很快,大家达成了一致意见:谁也不交这笔款,看他们怎么办。

第二天,王平和妻子都没去学校,这是他们工作以来第一次旷课,两人都做好了被学校开除的准备,所以找了一大叠报纸,挨个看上面的招聘广告,想在被学校开除了之后,能尽快找到新工作。

奇怪的是,这一整天学校也没个电话打来,似乎一下子就把他们给忘了。

第二天上午,王平装作没事的样子去学校,发现学校里似乎和平时没有什么两样,他便主动去找校长,想问问学校怎么处理他和他妻子。

谁知校长一看到王平就热情地迎了上来,说:"王老师,多亏了你呀,要不然我可要受处分了。"说着,递过来一张纸条。

王平接过来一看,只见上面写着:今收到王平集资款贰万圆整。他不由大吃一惊："这……这是怎么回事？"

校长说："你先去上课吧，这事情过一会儿你就知道了。下课后你来我这里一趟，我还有好消息要告诉你。"

既然不用下岗，王平心想：那就先去上课吧，回头再向校长问个明白。

王平赶紧走进教室，却发现班上的气氛有些异样，同学们都特别安静地坐着，似乎在等待什么。他刚走上讲台，班长就走了上来，郑重地把一张写满了全班同学名字的纸条交给他，说："王老师，您昨天没来上课，同学们都很担心，后来一打听，才知道原因。王老师，同学们都舍不得您走，所以我们两个班的同学在一起开了个会，决定替您出这笔钱，我们两个班共有一百二十四名同学，除了家庭特别困难的，正好是一百个同学，就每人拿出了二百块……"

王平怎么也没有想到，原来校长给他的这张收条竟是这么来的！他哽咽着，激动地对他的学生说："我是个不合格的老师，竟然要同学们来替我们分忧解难，我……我和我妻子在这里……谢谢同学们了！"他一边说，一边向全体同学深深地鞠了一躬。

上完课回到办公室，王平仍抑制不住内心的激动，就向同事们讲了这桩感人的事。没想同事们的反应却非常冷淡，除了个别人给了他一个不尴不尬的笑脸，其余的都闷头做自己手里的事，好像根本就没听到他在说话。

王平立刻嗅出了不同寻常的意味来，心里不禁一阵发凉。这时，他突然想起校长说让他下课后再去一趟的话，于是就站起身来。谁料他刚走出门口，就听有人在嘀咕："明明他最先说不交的，结果却交得最早，还要假借学生名义。哼，这种口是心非、沽名钓誉的人，根本不配为人师表！"

原来是同事们误会自己了，王平顿时感到脚下的步子显得异常沉重。

来到校长办公室,王平看到还有个不认识的人。

校长见王平来了,忙向那人介绍说:"这位就是王平老师,他是我们学校第一个交集资款的,他这一带头啊,其他人就没法再坚持不交了。"

那人立刻笑眯眯地上来和王平握手,说:"王老师,我是来告诉你好消息的。刚才局里研究,一致同意评你为全市模范教师,这可是一个非常重要的荣誉啊!"

校长给王平介绍:"这是教育局人事科的张科长,他今天是专程来学校通知你的。"

也不知哪来的一股气,王平突然吼起来:"我不要这个荣誉,你们愿意给谁就给谁,别给我!"说完,他头也不回就走出了校长室。

只听他身后,那个张科长在说:"他怎么竟然用这种口气跟我说话?素质这么差,还能当模范老师?根本就不合格……"

(郭　选)

(题图:安玉民)

三　思　而　行

人生如同一盘棋局,每时每刻都在变幻。一步走错,步步惊心。

打你没商量

电影《深山奇情》摄制组去旮旯沟拍外景，摄制组的面包车刚在村头停下，一群山民就好奇地围上来看稀奇，他们或者探头伸脑地扒着车窗向里张望，或者东碰西摸地抚着面包车看新鲜。一个白头发老汉甚至还指着车头前的那两只车灯，大声嚷嚷说："啧啧，看这俩眼睛，可比咱家圈里那畜生的眼睛大多啦！"

摄制组成员被老汉这话说得哄堂大笑起来，都佩服导演老马有先见之明。因为幸亏老马事先提醒，叫大家不要一到目的地就亮真家伙，如果真要一下把摄影机架起来，现场还不知会乱成什么样儿了呢！

好容易等山民们散开去，老马这才吩咐摄影师把微型摄影机藏在衣服里，又把主角小赵叫到跟前耳语了一番。

没想小赵听了老马的话之后却面露难色地说："马导,这样恐怕不太好吧?"

老马得意地拍拍他的肩,说："放心,这办法我用一回成一回。听我的,没错!"

小赵演的主角,是一个不学无术的镇长之子,接下去要拍的镜头,是反映他不可一世的土皇帝嘴脸。为了求得逼真效果,老马特地把摄制组带到旮旯沟这个穷地方来,此刻,他让小赵混在熙熙攘攘的山民中间,顺街筒子一直向前走,当走到刚才那个叫嚷嚷的六旬老汉跟前时,好像嫌老汉挡路似的,老马让小赵上去当胸把老汉一推,然后冷不丁甩老汉两个耳光。

小赵于是就照老马说的演了,演得还真像那么回事儿。那老汉呢,自然就被打懵了,等回过神来,他那双陷在眉骨里的眼睛顿时就冒出了火星,他狠狠地盯着眼前这个陌生的城里人,张开枯枝般的两只手,劈胸就猛揪住了小赵。

"OK!"老汉还没嚷出声来,只听老马一声大喊从后面跑上来,一张脸笑得像一朵晚秋里盛开的菊花。他朝老汉拱拱手,说："老同志好,好! 好! 太好了!"

"好? 好什么? 他打人呢……"老汉气得直瞪眼。

"老同志,让您受委屈了,您听我说!"老马笑容可掬地握住老汉的手,解释道,"是这样的,我们是省城电影公司的,就是……就是拍电影的,懂吗? 说白了,就是演戏的。刚才,为了求得逼真效果,就是……就是要拍得像真的一样,所以我让这个演员打了您,惹您老发火……我说这些,您明白吗?"

原来是这么回事! 老汉不糊涂,听老马这么一说,他立刻就明白了,于是揪着小赵的两只手也松开了。

可不料,老汉紧接着却一个转身,紧紧揪住了老马的衣领子,斜乜着他,冷笑道："你拍戏,我就活该白白挨打?"

"不不不,这当然是有代价的,我们怎么能让您吃亏呢?"老马说到这里,赶紧从口袋里掏出五张一百元的钞票给老汉,"老同志,这是您刚才应得的报酬,请收下。"

"我不要。"老汉眼也不眨,两只手依然揪住老马。

老马以为老汉嫌少,就又掏出两张一百元,塞了过去。

"我不要。"老汉气得头发都竖起来了,"既然你们准备好了要打我,为什么事先不和我商量?不征求我的意见?"

老马被他这个话说愣了:"那……老同志,您想要多少报酬,我们好商量的。"

"我不要报酬。"

"不要报酬?那……那您要什么?"

"我要你们赔偿。"

"赔偿?"老马惊得嘴都合不拢了。

"对,我要你们赔偿我的精神补偿费和名誉损失费。"

"什么?"老马怀疑是不是自己耳朵听错了,这么一个旮旯沟里的老汉,居然会提出要什么精神赔偿?

"看你还是个识文断字的城里人呢!你以为我们山沟沟里的农民连这点基本的法律知识也不懂吗?"老汉鄙夷地看着老马,指指村头大槐树上的高音喇叭说,"县里天天给我们上课,天下事我们全知道,谁也别想蒙我们!"

随后,老汉整整自己刚才被小赵扭歪了的衣服,冷笑道:"就为刚才你们无故打我,至少得赔我一万元。"

"你这不是敲诈吗?"老马失声叫起来。

"这怎么是敲诈?"老汉一边说,一边摸摸脸上刚才挨小赵打后留下的红红的指印,说,"我就是要让你们花钱买个教训!"

老马听了呆若木鸡,半晌才吐出四个字:"真想不到!"

(汤　雄)

(题图:魏忠善)

尴尬不是我的错

　　莫北的儿子中考没考好,离重点高中录取分数线还差三十多分。

　　时下的流行做法是:分不够,钱来凑。为儿子读书出钱,莫北两口子心里一百个愿意,可是几万块的赞助费一时怎么拿得出来? 莫北和他媳妇商量了半天,想来想去,决定找个门路活动活动,哪怕少出几个子儿也好。

　　于是莫北就开始四处打听,结果还真被他找到了一个关系。那是他的大学同学,叫赵萍,就在那所重点高中任副校长。不过这个关系也让莫北有点哭笑不得,因为当年莫北和赵萍同窗共读时,莫北经常给校刊投稿,他写的诗歌曾迷倒过不少女生,其中就有赵萍,赵萍对莫北崇拜得五体投地,后来就写了封情书偷偷夹在莫北的课本里。唉,怪就怪赵萍实在长得不咋样,要不当初莫北娶了她,也就没有今天的烦恼了。

不过当时莫北还算有大将风度,他主动约赵萍谈了一次,女生嘛,得给人家面子。那天在校园后面的竹林里,莫北甩着长发,拍着胸脯,满怀豪情地对赵萍说:"我的未来是个梦,我如果成不了普希金,也要成为徐志摩。为了中国将来出一个杰出的诗人,我不得不将儿女私情埋在心底,请原谅我吧!"记得当时赵萍听了莫北的话不但没恼,反而晕菜,感动得差点哭鼻子。

可现在回想起当年这些事,莫北心里真是堵得慌:十几年一晃过去了,唉,自己算什么呀?不但没当成老普那样的伟大诗人,甚至就连小徐那几句诗,莫北现在都记不全了,他只能在群艺馆这个捞不到任何实惠的地方混日子,只能娶粗脚大手的卖菜女为妻。更令人沮丧的是,为了自己那个不争气的儿子,他现在不得不去求当年曾经被自己拒绝过了的崇拜者。

现实真是太残酷了,可是如此掉面子的事,莫北现在只能硬着头皮去做。他不断安慰自己:为了儿子,我就委屈自己,去做一回伟大的父亲吧!

这天,莫北迈着沉重的步子去赵萍家,按响了门铃。

"谁呀?"门里问,是赵萍的声音,还是那么清脆娇柔,十几年没变。随即,就传出一阵脚步声,莫北的心忽然"咚咚咚"地直跳,他下意识地摸摸自己头上已经开始变得干枯的长发。

赵萍却认不出莫北来了,因为她开了门就愣在那儿,两只眼睛瞪着莫北,半天没说话。

莫北心里不由叹了一声:"可见我这十几年真是老得够呛!"这就更让莫北感觉自己气短一截,只好尴尬地说:"我……是你以前的大学同学莫北。"

赵萍立刻惊讶地叫了起来:"哟,原来是莫大诗人呀!看我这记性,不好意思,真是不好意思。"她边说边把莫北让进了屋。

谁知此刻,莫北和赵萍之间竟一点没有老同学相见的喜悦,莫北进屋后,赵萍张罗着上茶、端水果,完全是一种礼仪上的客套应酬。莫北原打算见面后先和赵萍叙叙旧,然后再提儿子的事,可现在见赵萍忙出忙进根本没有坐下来的意思,他顿时觉得了然无趣,只好硬着头皮直截了当向赵萍说明来意。

赵萍听明白了,也终于坐了下来。

"这个嘛,"她朝莫北微微一笑,"如果能帮忙……老同学开口,我还有啥话说。"

莫北一听似乎有门,便接过赵萍的话尾道:"是啊,想当年……"

"不过呢……"谁知赵萍却打断了莫北的话头,一本正经地将学校的有关规定给他介绍了一遍,还特别强调"分不够、钱来凑"的录取原则,然后朝莫北两手一摊,叹了口气,说,"老同学,你不知道,我也有我的难处啊!"

莫北顿时傻眼了,嘴唇直哆嗦,脑子里突然闪过一个念头:如果今天我是徐志摩……

赵萍自然不会知道莫北这时候脑子里在想什么,所以继续叹她的苦经:"不瞒你说,前天商业局的林局长也为儿子的事来找过我……没办法,他最后也得出钱,学校得按市场……"

钱?市场?可爱的大学?徐志摩?莫北这时候脑子里已经乱成了一团,他也不知道自己又给赵萍胡扯了点啥,反正接下来就是起身告辞。他一边往门口走,一边从口袋里掏出一个装有一千块钱的红包,递给赵萍。再怎么说,男人这点面子总是要的吧?

其实,这一千块是莫北媳妇好几个月来特意从菜钱里省下的,可这会儿莫北却故作轻松地对赵萍说:"这次来得匆忙,也没买啥东西,这点钱给孩子买零食吃。"

"别……千万别……"赵萍此刻似乎有点不好意思,死死挡住莫北的手。

莫北一狠劲，说："你不收，我……我……"究竟要怎样，莫北自己也不知道，只是赵萍这么不给他面子，事情又没办成，而且回去后他再也没了第二个可以找的关系，所以这会儿他心里又着急又生气，话也说不连贯了。

大概是赵萍看莫北脸上的神色不对，终于松了手，扭过脸去，让他把红包放在了桌上。

莫北转身要走，但就在这时，赵萍突然发现窗外有个人影闪过，她顿时有点慌乱，尴尬地看着莫北，说："要不，你从后门走？"

莫北觉得很奇怪：为什么要让我从后门走？大白天的，我堂堂一个大男人，从她家后门溜出去，让人瞧见了算怎么回事？莫北站在那里，心里真是懊恼：早知道事情办成这样，还不如不来的好。

谁想这时候，又响起了一阵敲门声，赵萍紧张得气都有点喘不匀了，两只眼睛瞪着莫北："你……你……"愣了片刻，她突然一把抓起桌上那个红包，对莫北说，"老同学，帮帮忙，你赶紧举着这个红包从前门出去。"

莫北狐疑地望着赵萍，心想：一定是她利用自己当领导的身份得过不少好处，被别人盯上了，否则怎么有人来会这么紧张？不知怎么，十几年前在校园竹林里的那一幕，蓦然出现在莫北眼前，那个时候赵萍对莫北是那么顶礼膜拜，可今天她居然就不顾莫北的脸面，硬要把莫北给推出去，真是今非昔比啊！

可是，莫北能照赵萍说的做吗？他死死站在那里，脚下挪不开半点步子。

赵萍见莫北还"按兵不动"，急得脸都变了形："你快走，你儿子的事，我帮你办就是了。"

啥？真的？赵萍这句话犹如石破天惊，莫北喜得浑身直哆嗦："这话可是你先说的！"他盯了赵萍一句。

"真的,我肯定帮你办成。"赵萍的脸煞白。

这下莫北还有什么可犹豫的?不用赵萍再开口,他立刻举起那个红包,佯作狼狈的样儿开了门。

门外果真站着个人,挺意味深长地看了莫北一眼。莫北当然不知道他来找赵萍干什么,他也不想知道,反正儿子的事成了,他抬腿就走。

这时候,赵萍装出一副愤愤然的样子从屋里追出来,冲着莫北的背影喝道:"哼,大白天行贿,真是门缝里瞧人!你也不打听打听,我赵萍从来就不吃这一套!"

"这是在撵我吗?"莫北在心里"吃吃"地笑。

不久,莫北那不长进的儿子终于进了赵萍那所重点高中,莫北只是象征性地出了一点钱。不过,自从这回自尊心受到了重创,如今莫北连三流诗也写不出来了。

(阮红松)

(题图:箭　中)

家中又来小偷

　　李子星小两口搬进新房才没几天，他老家的表弟就找上门来，说刚在附近一个公司找到份工作，暂时没地方住，想在他家借住一段时间。李子星的新房是三室两厅，现在又没有孩子，他就是想拒绝也找不出个合适的理由，于是只好答应。

　　开始几天，李子星两口子和表弟相处倒也融洽，可过了一个星期，问题就来了：这天早上，李子星发现放在提包钱夹里的五张百元钞票，只剩一张了。这是妻子小慧昨天刚给李子星的零用钱，李子星不会记错，所以他先问小慧拿没拿。

　　小慧一撇嘴，说："我什么时候给了你钱还往回拿的？"小慧以为李子星是在和她开玩笑，可一看李子星脸色不对，不由着了急，"我们家在一楼，不会是进小偷了吧？"

李子星于是赶紧去检查门窗,发现一切正常,昨晚都锁得好好的,连窗外的防盗网也没有被拉开或撬动过的痕迹。这就怪了,难道钱自己飞了不成?

李子星想了一天,也没想明白放在钱夹里的钞票是怎么飞走的。晚上临睡前,他又提起这事,小慧疑惑惑地说:"我感觉这钱不像是小偷偷的。你想啊,要是小偷,他为什么不把钱全拿走?"

一句话说到了点子上,李子星顿时愣住了:家里除了自己和小慧,剩下的就只有表弟了。难道这钱是表弟拿的?这个念头在李子星心里一冒出来,就像疯长的草一样按也按不住。李子星知道表弟以前在南方做生意,后来因为受骗上当,欠下一屁股债,这才出来打工的。表弟当过老板,花钱大手大脚惯了,现在刚出来上班,说不定……

李子星不敢往下想了,决定和表弟谈谈。

第二天早饭时,李子星装出很随意的样子,对表弟说:"你既然住在我家,我就没把你当外人看,缺什么你尽管开口,没了钱也直说。"李子星最后一句话说得很重,用意当然不言而喻。

可表弟却朝李子星笑笑,说:"你是我表哥,你还怕我客气呀?我现在还有钱花,到没钱的时候,肯定会找你要的。"

看表弟说话那神情,根本不像是做下了亏心事的人。李子星心里吃不准了,只好自认倒霉。不过从此后,他就不得不多长个心眼,每晚临睡前搬把椅子放在卧室门后面,如果有人进卧室,椅子一动,肯定会发出声响。

但这招也没管用多久,过了一个星期,李子星发现又少钱了!这回是三张一百元少了两张,而且放在卧室门后面的椅子也明显移动过。

这回清楚了,怀疑对象只有表弟一个人,因为卧室的窗是紧闭着的,而且仍然没有任何被撬动过的痕迹,既然外面的人没法进来,那作案的就只有屋里的人了。

这下小慧不仅恼火,而且十分强硬地给李子星下了通牒,让他立刻赶表弟走。原因很简单,夫妻俩的卧室,有外人进来,她能容忍吗?

李子星其实比小慧还恼,早上怎么看表弟都觉得他那眼神不怀好意,所以气得早饭也没吃。不过,毕竟是表兄弟,李子星还不想撕破脸皮,他想来想去,就出去找了个人,给表弟公司打了个匿名电话,说表弟有偷东西的恶习。这一来表弟就被公司开除了,丢了工作,只好回老家。

赶走了表弟,李子星和小慧都以为从此家里可以太平了,谁知才安宁了十来天,李子星那天领的一千元奖金,又神不知鬼不觉地在一夜间少了八百。这回李子星不仅是心疼,还有点愧疚,觉得对不起表弟。因为表弟走后,他把家里所有的门锁都换了,可还是无济于事,显然他是把表弟给冤枉了。

那么,这个小偷到底会是谁呢?家里只有两个人,李子星便怀疑这会不会是小慧在搞鬼。刚搬进新房时,小慧就说想让她爸妈来住段时间,李子星也同意,不料他表弟捷足先登了,小慧一直不太高兴,李子星猜想会不会这一切是小慧在为撵走他表弟使的歪招。可如果真是这样的话,那现在表弟都已经走了,小慧为什么还要这么干呢?李子星决定要弄个明白。

当晚小慧下班一回来,李子星就问她:"钱哪里去了?"

小慧莫名其妙:"钱?什么钱?"

李子星鼻子里"哼"了一声,说:"还能是什么钱,我丢的奖金呀,一共八百元,怪我那天没及时向你汇报,可你也不能一声不吭就拿走呀!"

小慧立刻明白李子星话里的意思,脸顿时就拉长了:"你怀疑这钱是我拿的?"

李子星说:"你要是烦我表弟住在这里,你就明说,别来这一套,你让我以后回老家怎么见我表弟?"

可是李子星这话一出口,小慧就大哭起来,一边骂李子星是混蛋,一边三下两下拿了替换衣服就回了娘家。看这闹的,李子星很后悔,可碍于面子,他一连三天都没去找小慧。

第三天夜里,李子星躺在床上想着这事,越想心里越郁闷,翻来覆去睡不着。忽然,只听卫生间里发出"扑通"一声响,李子星一惊,忙从床上跳起来,跑过去开灯一看,只见一个七八岁的男孩正摔倒在浴缸里。

李子星猛地想起来,因为睡觉前洗澡时想着心事,洗完后忘了把水放掉,这孩子从卫生间的气窗爬进来,没想到浴缸里有水,滑倒了。他顿时恍然大悟:原来小偷竟是这个七八岁的孩子!

其实当初检查时,家里所有门窗李子星都仔细看过,可他认为这个气窗太小,根本不可能进人,所以疏忽了。他做梦也没有想到竟会是这样的结果,于是赶紧打电话报警。

在派出所里,李子星问男孩:"你为什么每次来偷钱都要留下一两张,不全拿走?"

男孩眨巴着眼睛说:"我们老板说的,偷东西不能太贪,太贪了干不长。"

警察对李子星说:"你别听他的,不贪他会偷你好几次?他们这招迷惑了很多人,因为人小,爬的是气窗,所以一般人都不会想到是小偷进了屋,不仅不报案,而且家里人还相互猜忌,甚至还有为这事闹到离婚的。"

没想到,小偷一个花招,就让李子星把身边最亲近的人都怀疑上了。李子星不觉惊出一身冷汗,他觉得这是小偷给他上的生动而又深刻的一课。

(彭晓风)

(题图:黄全昌)

你是不是学坏了

张亮大学毕业后四处去求职，因为只是个本科生，和那些硕士、博士生在一起竞争，一点没优势，所以一个多月过去了，工作的事一直没有着落。

张亮不想让爸妈操心，于是这天就主动打电话给家里，说他已经找到工作了，让他们尽管放心。他妈在电话那头一听可高兴了，对张亮说："儿子，咱总算熬出头了，明天妈就去看你，到时候你要来接我的啊！"

张亮没想到他妈会这么激动，要知道他父母住在乡下一个小镇上，来回一趟光路费就得千把来块，家里哪有这笔钱啊？张亮劝妈别来，可他妈却乐呵呵地说："别担心，告诉你吧，家里已经攒下三千来块钱了，足够妈来回的路费！妈想死你了，一定要去看看你。"

　　这下张亮心里紧张啊,他很想对妈说"不",可话到嘴边又开不出口,怕妈会疑心是自己不欢迎她。没办法,张亮只好把戏演下去。

　　两天后,张亮妈风尘仆仆地赶来了,张亮把她接到住处,安顿好后,就说要请妈下馆子去吃顿好点的。张亮妈把脸一板,说:"儿子,别挣了点钱就大手大脚的,将来你还得攒钱娶媳妇呢!去,买点简单的回来,妈给你做饭吃。"

　　张亮一听,心里很难过,觉得妈好不容易来一趟,总得吃点好的。但说实话,真要这么出去吃,他也实在没有多余的钱,所以就顺水推舟地点点头。

　　张亮只在家陪妈呆了一天,就谎称公司工作忙,请假困难,第二天就急着奔人才市场去了。他多么希望自己能马上找到工作,拿到第一份工资后好好请妈吃一顿。

　　南方的天气真是热得要命,张亮天天在外面东奔西跑,还要编谎话瞒着妈,所以感觉特别累。这天傍晚,他拖着疲惫的身子回来,踏进家门就累得往床上倒,他妈看到他这个样子,心疼得赶紧打水、拿毛巾,帮他脱了上衣,洗脸擦汗。张亮记得,自己上大学前在老家的时候,妈经常这样给他洗脸擦汗,所以此时此刻让他感觉就好像又回到了从前,心里暖暖的,眼角却湿湿的……

　　突然,他妈拿毛巾的手停住了,看着张亮愣了老半天,说:"儿子啊……工作那么重吗?看你,一连几天怎么天天都累成这样?"

　　张亮以为他妈看出了什么,不由一惊,故意打了个呵欠,说:"可不是嘛!不过,妈,你放心,我休息一下就好了,你别担心。"

　　正说着,有人敲门,是房东老头来收房租。张亮的头"嗡"一下大了:糟糕,自己口袋里只剩下几十块钱了。怎么办?他脑子一转,装作有气无力的样子,低沉着声音对房东说:"老伯,您先回吧,明天我把房租给您送过去,现在实在太累,您看,我都快爬不起来了。"

房东怀疑地看着张亮,说:"今天跟明天有什么区别? 我都上门来了,你就给我吧,省得明天你还要跑一趟。"

张亮见房东盯着要,急得汗都下来了:"我……我还能不给……不给您钱吗?"

张亮妈在一旁看着,插嘴问:"老伯,多少钱? 我给你。"

房东一听自然乐意,报了个数,收下钱后就乐颠颠地走了。

张亮嗫嚅着对他妈说:"妈,我的钱在公司里,明天就拿回来给你。"

张亮妈看了张亮一眼,什么话也没说。张亮呢,再不敢给妈多说什么了,他怕说露了馅,当晚就早早躺下睡了。

睡梦中,张亮觉得有人站在自己床前,一激灵就醒了,见是妈坐在床边,正呆呆地看着他。他愣了:"妈,你怎么了?"

张亮妈欲言又止,好半天才开口:"儿子,跟妈说实话,你是不是做……做什么犯法的事了?"

张亮吓了一跳:"妈,你想哪儿去了?"

他妈直摇头,哭着说:"儿子,到什么时候咱都得做本分人,不该沾的绝不能沾啊!"

这……这是哪儿跟哪儿啊? 张亮顿时嗓门就粗了:"妈,你胡想些什么呀? 你儿子不是好好的吗? 好了好了,你先让我睡一觉吧,我都快累死了。"

第二天,张亮又一早出门了,他一口气走了好几个用人单位,可依然没有结果。他一门心思扑在找工作的事情上,早把要还他妈房租的事忘在了脑后。

一连几天,张亮天天都是这样。

这天傍晚,张亮回来,踏进门,看到他老爸不知什么时候来了,他又高兴又惊讶,扑上去问:"爸,你什么时候到的?"

谁知张亮爸竟脸一沉，说："小兔崽子，在外面几年长出息了？说，你是不是不学好？"

张亮明白了，一定是妈把老爸叫出来的，一定是妈把那天交房租的事儿放在心上了。可妈怎么就认为我不学好了？就因为我没钱交房租吗？张亮心里又憋气又窝火，冲口对他爸说："爸，我整天上班，就是想不学好，也没时间啊！"

爸瞪着张亮说："你整天上班，一个月挣一千多块，怎么就没钱交房租了？要没事儿，你妈能大老远地折腾我来？"

张亮爸越说越生气，说着说着，就上来一把拉过张亮，把他衬衫袖口往上一捋，指着胳膊肘窝处吼道："你还想骗我们？这是什么？不是打毒针的针眼吗？不是因为这个，你年纪轻轻的，干点工作就能累着了？整天一副无精打采的样子。哼，你妈好歹也看过电视，知道吸毒这事儿……唉，我和你妈供你读书多不容易呀，你怎么这么不争气啊？"说到这里，他忍不住抬起手来，"啪"狠狠打了张亮一记耳光。

张亮被打得一个踉跄，差点摔在地上，幸亏他妈一把把他扶住。

张亮低头看着自己胳膊肘窝处一个个针眼，这才想起那天妈给他洗脸擦身时，脸上那奇怪的表情，原来是因为看到这针眼才起的疑！加上张亮嘴上说挣钱不少，可却连房租都没钱付，让妈自然联想到了吸毒一事。

张亮想到这里，苦笑着抬起头来，对他爸妈说："爸，妈，我没有不学好，只是确实有一件事情瞒着你们，那就是：到目前为止，我还没有找到工作。你们不知道，现在要在城里找个工作有多难，而且每次去应聘都要体检，要验血，有时候，我一天跑好几个单位，少说也要抽好几次血，胳膊上的那些针眼，就是这么来的。"

可张亮爸不信，瞪着张亮说："哼，你撒谎吧！你骗得了别人,别想骗过我!验一次血就有一张化验单,你不会拿着这单子去给人家看? 一次次地验血,这种又花钱又伤身子的傻事,谁会做?"

张亮此时心里真是欲哭无泪,他长叹一声,说:"爸,你是这样想,可人家不信啊,怕咱有传染病,弄张假单子去骗他们。我也是没办法,才天天这样的啊!"

张亮这么一说,他爸妈你看我、我看你,什么话都没得说了。最后,还是对儿子的信任占了上风,他爸埋怨他妈说:"你看你,你看你,冤枉儿子了吧?"

张亮妈眼一瞪:"那我也没让你打儿子啊!"

张亮爸难为情地搓搓手:"儿子,别怪爸,还疼不?"

张亮摇摇头:"不疼。"

此刻,张亮脸上是真不疼,可胳膊上的那些针眼,却隐隐作痛起来……

（赵展召）

（题图:安玉民）

花心老爸

　　梅坤在县城工作，买了一套三室一厅的大房子。他想把乡下老爸接进城里来安享晚年，可老爸总是推托，无奈之下，梅坤只好按老爸意思，雇了一个姓金的大嫂来照料老爸的生活。

　　一晃三个多月过去了，这天梅坤开会路过老家，顺道去看老爸。他推开虚掩着的房门，却见那姓金的大嫂俯卧在床上，而他老爸正在为她捶背掐腰做按摩。这是咋回事？到底谁是主人谁是保姆啊？梅坤被眼前这一幕搞懵了。

　　老梅头见是儿子来了，直起腰，捶捶背，说："金大嫂身子骨不舒服，我帮她按摩按摩。"他边说边拉梅坤去厨房，让梅坤帮着生火，他自己淘米、择菜地忙活起来。

　　梅坤一看老爸这个样子，心里真不是味儿，憋了半天实在憋不住,于是就开了腔:"我说爸,咱出钱雇保姆,是让她来伺候你,可不是让你去伺候她的呀!"

老梅头叹了口气:"话是这么说,可人家也是一把年纪的人了,自打进门,一直待我不薄。这阵天冷,她老毛病发了,唉,她也是个苦命的人,无儿无女,老伴也不在人世了,我帮她按摩按摩,兴许她很快就会好起来的。"

梅坤一听,心里明白了:怪不得老爸不肯进城,问题全在这儿!看来老爸是和这个姓金的早好上了,请她来做保姆,不过是个借口。说实话,梅坤并不反对老爸找个伴儿,可看金大嫂这副病病歪歪的样子,以后如果她真和老爸走到一起,那自己的麻烦事儿肯定多了。想到这里,梅坤心里不由打了个结。

过了几天,梅坤带上大包小包,特地开车回了趟老家。他把带去的东西全都送给金大嫂,还说了很多感谢的话,随后就对老梅头说:"爸,金阿姨近来身体不舒服,咱就让她好好休息,我接你进城去住几天,你的宝贝孙子天天在念着你呢!"

老梅头本来不想跟儿子进城,可听说孙子想他,不免动了心,于是嘱咐金大嫂几句,要她安心养病,说他去城里住几天就回来,随后就上了梅坤的车。

可让老梅头没有想到,他进城到了梅坤那里,那个上初中的孙子只是应付似的叫了他一声"爷爷",便顾自去做自己的作业,看自己的电视,再也不和老梅头搭茬了。好在儿媳妇吴霞还算客气,特地为老梅头准备了一个房间,新褥新被新枕头。只是老梅头总觉得自己像是住在旅馆里,吃饭不自在,睡觉不踏实,迷糊了一晚,第二天他就想回乡下去。

老梅头正准备开口,儿媳妇吴霞却为老梅头请来一位老嫂子,说她和梅坤这几天碰巧特别忙,怕老梅头一个人在家寂寞,就特地请这位老嫂子来陪老梅头说说话,解解闷。老梅头见吴霞如此一番诚意,不忍推却,只好听便。

这个老嫂子能说会道,和老梅头东扯西拉泡了一整天,直到吴霞下班到家才走。临走时,老梅头见吴霞给了她二十块钱,这才知道她原来是一个家政公司的陪聊员,就靠陪人聊天赚钱。

第二天,那老嫂子又来了,老梅头心疼那二十块钱,说啥也不和人家聊了,早早地就把人家打发走,宁愿一个人独自在家里枯坐着。

挨到第三天,老梅头再也待不住了,坚持要回乡下去。吴霞再三挽留,对老梅头说:"爹,你真要走,我也不能强留你,只是……你等梅坤回来了再走也不迟啊,要不他会说我没伺候好你,要怪我的!"

说完,吴霞就给梅坤打电话。梅坤赶回来,头上直冒热气儿,气喘吁吁地拦住老梅头,说:"爹,你还走啥哩? 从今往后,你就和我们住一起了。不瞒你说,我昨天一大早就去了趟老家,那个姓金的保姆我已经打发她回去了,老家那栋旧房子,我也自个儿做主把它卖了。"梅坤边说边从兜里掏出一张存单,往老梅头手里一塞,"喏,卖房款全给你存这儿了,由你支配,你想咋用就咋用,我们不动一个子儿!"

老梅头一听,惊得眼睛发直。半晌,他哆嗦着嘴唇说:"儿呀,你……你咋这样呢? 那房子虽然日后都是你的,可现在,它……它还是我的窝啊,你咋不吱声愣就把它给卖了呢?"

"爸,你先别急,听我慢慢说。其实呀,我和吴霞一直想把你接到城里来,可你总说舍不得老家那房子。可看着你一年老过一年,我们越来越不放心把你一个人扔在乡下,也不放心让别人来照顾你。这次我和吴霞合计,故意瞒着你卖掉老屋,就是想让你和我们住在一起,安享晚年。爸,现在要打要骂随你,我们做小辈的,可是真心实意为你好啊!"说着说着,梅坤眼泪都流下来了。

事已至此,老梅头还能说什么呢? 面对儿子和儿媳如此一番孝心,他只有万般无奈地叹气:"唉,随你们也罢!那老屋本来就是留给你们的,既然卖了,这钱你们就自己拿着,我反正也是吃你们的、住你们的,还要这钱干啥?"

乡下没了栖身之地,老梅头心里明白,他和金大嫂的黄昏恋今生怕是没戏了。老梅头每天只能呆在儿子这里,看着他们上班下班。晚上虽然能见着面,可老梅头和他们接不上话茬儿,除了吃就是睡,或者看看电视。隔壁左右虽然都有人家,可谁也不搭理谁。

有几次,老梅头好想和金大嫂打个电话,问问她现在身体咋样了,在电话里和她唠唠嗑,可金大嫂家没电话,要想说几句,还得从人家那儿转。别的事儿转一下没啥,可唠嗑的事怎么转?就是能转,让人家这么转来转去的,那不是在招人现眼吗?老梅头心里越想越不得劲。

这天,老梅头正胡思乱想着,看见吴霞从兜里掏出只手机跟别人打起电话来,说啊说的说个没完,老梅头心里不由一动:干吗不给金大嫂也买个手机,不就可以和她唠嗑了吗?

老梅头连忙上街去商店打听,这才知道买个手机至少得几百块钱。可老梅头手里没钱呀,找儿子儿媳要吧,他拉不下这个脸,想来想去,决定自己挣。可老梅头毕竟年过花甲,重活干不了,赚钱的细活讲究文化,他有啥好干的呢?老梅头发起了愁,一连在街上转了几天。转来转去,转到一家盲人按摩店门口,他不由眼前一亮:自己不正有一手祖传的按摩手艺吗?

老梅头走进店里,找到老板,亮出一手,老板立刻表示要留下他来。老梅头于是就戴上墨镜,装成盲人,每天来店里上班,虽然工资不高,可毕竟能赚到钱了。老梅头心里很开心,但他没把这事儿告诉儿子和儿媳,偷偷摸摸干了三个月之后,他终于替金大嫂买了一个手机。

这天一大早,老梅头瞒着梅坤和吴霞坐上了回老家的班车。

车到村口,他跳下车,远远望一眼金大嫂的家门,心里激动得"怦怦"直跳。

可没料等走到近前,老梅头却发现金大嫂家的门上挂着一把大铁锁,问左右邻居,才知道自打老梅头进城不久,金大嫂就一病不起,半个月前突然去世了。老梅头闻言大惊,心里冰凉冰凉的,双腿一软,就跌坐在了地上。

后来在邻居们的指点下,老梅头蹒跚着来到金大嫂坟前,抽泣半晌,好半天才缓过气来。老梅头点燃了一叠叠冥钱,又从怀里掏出那部崭新的手机,把它扔进了荧荧的香火之中,嘴里喃喃道:"老妹子,这手机我是特地给你买的,本来指望你能用它和我唠唠嗑,没想现在……唉,你若是在天有灵,就收下它吧,记着,念叨我的时候,你就用它给我打个电话……"

从乡下回城后,老梅头就像变了个人似的,一天到晚只会傻呆呆地守望着电话机。电视也不看了,胃口也越来越差,到后来就什么也吃不下了。梅坤和吴霞一次次去请医生给老梅头检查,也没查出是啥病。熬了一个多月,老梅头就瘦得只剩一把骨头了,梅坤两口子只好悄悄为老梅头准备后事。

这天,夫妻俩和儿子一起守在老梅头床前,老梅头突然目光灼灼地从床上坐了起来,声音朗朗地说:"坤儿,快,来电话了,一定是金大嫂打来的,快给我接!"

梅坤惊呆了,因为这时候房间里根本就没有电话铃响,他和吴霞不由你望望我、我瞅瞅你,不知所措。可此时老梅头嘴里还在一个劲地叨叨说要接电话,梅坤无奈,只好把电话筒递给他。

只见老梅头两只手紧紧攥住听筒,把它贴在耳边,声音颤颤地说:"老妹子,你腿脚不好,不要来接我,就在家等着。别忘了,给我沏壶老茶,我这就来,就来……"

（金　戈）

（题图:黄全昌）

自 食 苦 果

欲念一旦失控,便如同扭曲疯长的藤蔓,先是牢牢缠住你的命运,再把你拽入万劫不复的深渊……

最后的相约

　　阿珍是个"陪看小姐",所谓陪看,是说在那些小型影院或者录像厅里陪单身男客的女人,但其实她们大多是提供色相服务的。虽说这个行当能挣钱,但阿珍今年已经三十八岁了,再精心打扮也是个半老徐娘,所以她的陪看生意并不好。

　　这天傍晚,阿珍和平时一样,穿着很暴露的衣服,在电影院附近揽客,可是转悠了一个多小时也没有揽到生意,她心里沮丧极了。就在这时,她听到身后有人喊:"喂,你一个人?"阿珍回头一看,却气了个半死,原来喊她的是一个只有十三四岁的男孩,说话脆声脆气,更显得稚气十足。

　　阿珍不耐烦地朝他摆摆手:"滚,小孩捣什么乱?"

　　但是,这男孩其实已经跟踪阿珍好几天了。他走到阿珍跟前,头一扬,说:"我请你看电影,怎么是捣乱呢?"他在阿珍身边坐下,掏出一张百元大钞,"陪不陪?"

阿珍盯着钱,犹豫了一下,摇摇头说:"算了吧,我女儿都比你大,我来陪你?"

男孩微微一笑,又掏出一张百元大钞,在阿珍跟前晃了晃,说:"我包你半个月,每次都给你二百元,怎么样?"

阿珍愣住了,忍不住笑起来:"你说包我? 你有病吧?"

男孩涨红了脸,不高兴地一跺脚,说:"不愿意就算!"说完,起身就走。

阿珍觉得这男孩生气的样子有点像女孩,她不由想起了自己的女儿,于是站起来喊他:"等一下!"

男孩回过头来看着阿珍,气鼓鼓的,也不说话。

阿珍走上去,摸摸男孩的脸,问他:"你叫什么名字?"

男孩黑黑的大眼睛一转,说:"我的网名叫'吓你一跳',你就叫我跳跳吧!"他一边说,一边拉着阿珍走到电影广告牌前,一看,几部影片全是"少儿不宜",便皱皱眉说:"不看这个,我们到虹都影院去看《我的兄弟姐妹》。"

阿珍听了却一惊:"虹都"是一家正规影院,那里没有一个陪看小姐,这孩子把自己带到那里去干什么? 再说,他既然有钱,为什么不去找一个年轻点的女人呢?

带着一肚子疑问,阿珍跟着跳跳走进了虹都。阿珍还从未看过正儿八经的电影,《我的兄弟姐妹》这样的片子,没有一点色情画面,阿珍看着没劲,而跳跳却看得十分入神,虽然他把头靠在阿珍怀里,一只手还揽着阿珍的腰,但没有一点不老实的举动。

阿珍早就习惯了被客人摸来摸去,眼下跳跳不动手,她反而不自在,越发不明白他要包自己的真正目的。阿珍想:现在的孩子都成熟得早,莫非他不好意思动手? 那自己不如就主动一点吧,免得他不满意了明天去包别人,让钱落进别人腰包。这么一想,阿珍就慢慢把手伸进跳跳的衣服里去。可没想,阿珍的手刚触到跳跳肚子,跳跳就一个激灵挣脱开了,恼怒地低声叫道:"干什么?"

阿珍鼻子里"哼"了一声:"别装了,你让我陪你看电影,不就是想那……那样吗?"

"胡说,真不害臊!"跳跳整理好自己的衣服,说,"你好好陪我看电影就行了。"

阿珍瞪大眼睛问:"你花二百元,还要包我半个月,难道就只是来看场电影?"

"对。"跳跳说着,又将自己的头靠到阿珍怀里,全神贯注地继续往下看。阿珍再也不敢乱说乱动了,像个木头人一样老老实实地抱着跳跳,可她看又看不下去,想又想不明白,不一会儿竟睡过去了。

不知不觉到了散场的时候,跳跳叫醒阿珍,随着人流走出影院后,就把二百元钱递给阿珍,说:"再见吧,明天我还要上学,晚上七点这里见,不见不散。"说完,就蹦蹦跳跳地走了。

阿珍看着跳跳的背影,手里捏着两张百元大钞,感觉像在做梦一样。

以后的日子里,阿珍和跳跳天天如约在虹都电影院见面,每次看电影时,跳跳都把头靠在阿珍怀里,一只手搂着她的腰,而阿珍总是无聊地睡觉。有几次,阿珍曾想试探出跳跳的真实姓名和家庭情况,可跳跳人小鬼大,每次都巧言搪塞,让阿珍干瞪眼。

一眨眼,半个月就到了。两人最后一次相见的时候,跳跳对阿珍说:"今天我们别去看电影了,我请你好好吃一顿,怎么样?"

"好啊!"阿珍勉强笑了笑,她知道以后自己可能再也没有这么好挣钱的机会了。

跳跳带阿珍去了城里一家最大的海鲜馆,点了一桌子菜,然后就和阿珍坐下边吃边聊。他好奇地问阿珍:"你为什么要干这个?家里人不管你吗?"

这半个月的交往,阿珍已经认定跳跳是个富家子弟,她一直绞尽脑汁想尽可能从跳跳身上捞到最大的好处,眼看今晚是最后的机会了,现在听跳跳这么问,她便给自己编起了故事,丈夫如何另有新欢抛弃了她,又是如何带走了她的女儿。

其实,阿珍是十年前从乡下进城里来打工的,因为贪图享受,她抛弃自己的丈夫和年仅四岁的女儿,当了一个富商的二奶。后来时间长了,富商见阿珍人老珠黄就把她甩了,无奈之下阿珍就做了现在的陪看女。

但跳跳哪里知道阿珍是在骗他,"你真可怜!"他同情地握住阿珍的手说,"虽然我家很有钱,但我一点也不幸福。"

有钱为什么不幸福呢?阿珍很不明白。

跳跳告诉阿珍说,在他很小的时候,他妈妈因为嫌家里穷,抛弃了他和爸爸。爸爸于是就烧毁了一切和妈妈有关的东西,以后开始拼命地做生意赚钱,但也因此忽略了渴望得到家庭温暖的跳跳。跳跳从小就没有享受过父母的疼爱,一次他偶然看到阿珍,觉得她有点像自己记忆中的母亲,于是就包下她,想从她那里得到一点母爱的感觉。

原来是这样!阿珍的心跳开始加速,她急切地说:"既然我像你妈妈,那么以后我就天天来陪你,好吗?"

谁知跳跳坚决地摇头,说:"不行,假如爸爸知道我和你这样的女人在一起,他肯定会打死我的。"

阿珍一听跳跳这么说,眼眶里不由涌满了泪水:"那……你真不肯帮帮我?"

"我让爸爸帮你找一份工作吧!"跳跳掏出纸笔,写了一个电话号码给阿珍。

阿珍很需要钱,因为有了钱才能过上好生活呀! 可她又不愿自己辛辛苦苦地上班去挣钱,她勉强掩饰住内心的失望,接过跳跳写给她的电话号码,往口袋里一塞。

吃完饭,跳跳埋单要走人,阿珍一把拽住他说:"这是我陪你的最后一个晚上了,你就当我是你妈,我们一起散散步吧!"

跳跳看着阿珍,点点头,他丝毫没有感觉出阿珍此时的声音和脸上的表情有些异样,他更没有想到,这个很像妈妈的人已经对他起了歪心。

阿珍拉着跳跳边走边聊,不知不觉来到一处偏僻地方。阿珍忽然停下说:"前面就是我住的地方,去坐会儿吧,我有一件礼物要送给你。"跳跳有些犹豫,阿珍却热情地拉着他往前走,说:"以后还不知道能不能再见到你,所以我一定要送你一件礼物留作纪念。"

既然如此,跳跳便跟着阿珍往前走,一直走进一座农家小院。见这院子十分破落,跳跳心里不禁涌出一阵怜悯之情:"你就住这样的地方?"

阿珍紧紧拉住跳跳的手,用发颤的声音说:"是啊,快进屋吧。"

可是跳跳刚进屋,阿珍就借口寻找电灯开关,趁着月色,从墙角里摸出一根自己平时防身用的木棍,咬紧牙关使劲往跳跳头上敲去,跳跳连哼都没哼一声就倒在了地上。

阿珍这时才松了一口气,打开灯,看着躺在地上满头是血的跳跳,自言自语道:"对不起了,孩子,谁让你家那么有钱呢?"阿珍是想要把跳跳作为人质,去他父亲那里好好敲一笔钱。

阿珍找来一根绳子,想绑住跳跳,可是由于心慌意乱,半天也没有绑成,反而把跳跳折腾醒了,跳跳立刻拼命挣扎,大喊"救命",这声音在漆黑的夜晚显得分外刺耳。阿珍顿时慌了神,吓得赶紧去捂跳跳的嘴巴,却被跳跳咬破了手指,她于是就使出浑身力气,把跳跳半拖半抱地弄到床上,扯过枕头,将它死死摁在跳跳的脸上⋯⋯

不知过了多久,跳跳终于不再挣扎,阿珍这才把枕头拿开,却发现这时候跳跳已经停止了呼吸。她浑身一怔,吓得大喊:"你不能死,不能死啊!"她抱着跳跳逐渐变冷的身子,嘴里喃喃道,"我走投无路了,我想回到我丈夫和女儿身边去,我想他们想得快要发疯了,可我现在这个样子回去,他们不会接受我,我要有钱,要有很多钱才行⋯⋯我⋯⋯我没想要害死你啊⋯⋯"

哭了一阵,阿珍的情绪稍微平静了一点,她心一横,想:反正事已至此,我不如敲到一笔钱后赶快跑。阿珍找来一个麻袋,把跳跳的尸体往袋里塞,谁知她手一搭上跳跳的胸部,感觉有些异样,一摸,竟发现跳跳原来是个女孩子。

阿珍愣了片刻,觉得事情有点怪异,但不管怎么说,现在已经到了这个地步,也顾不得那么多了。她跑出门外,这时夜已深了,大街上空无一人,她疯狂地奔到路边一个电话亭里,拿出跳跳写给她的电话号码,用颤抖的手拨通了电话:"听着,想要回你女儿吗?那就准备好二十万,她现在在我手上!"

这时,话筒里响起了一个声音,阿珍一听,惊呆了!因为这个声音对她来说,似乎有点熟悉,却又显得陌生;这声音她朝思暮想,现在却又害怕听到。对方在电话那头问她:"你是谁?你想干什么?"

"你是⋯⋯你是⋯⋯"阿珍在电话这头怎么也没法把话说完整。

只听对方说:"我是小雯的爸爸张海。"

"小雯⋯⋯张海⋯⋯"电话筒从阿珍手里滑落下来,"我的女儿呀!"阿珍发出一声凄厉的惨叫⋯⋯

(赵 欣)

(题图:箭 中)

高家无子

　　老伴离世半年了,高德贵心里闷闷的,总觉得一口气喘不过来。生老病死,这是人人要走的路,高德贵气闷的是儿子!

　　高德贵的儿子高志成大学毕业,在县农科站工作,老伴弥留之际四处找他,却怎么也找不见。乌鸦反哺,羔羊跪乳,禽兽尚且知恩,自己含辛茹苦养大的儿子怎么会这么不孝呢?后来听说是因为县委书记的老爹住院,儿子在日夜服侍。高德贵心里明白了:是儿子心术不正。心术不正的人怎么会孝敬父母?唉,白养了一个儿子,高德贵越想越气闷,每天吃了晚饭,倒头就睡。

　　这天,高德贵刚睡下,就听见"笃笃笃"有人敲门。"谁呀?"没有回应。他奇怪了:莫非是儿子回来了?披衣起床,开门一看,是一个女人。女人甜甜地冲着高德贵叫了一声:"大伯,你不认识我了? 我是小汤,汤春仙呀!"

汤春仙? 哦,高德贵想起来了,她是高志成读书时的同班同学。当初高志成曾给汤春仙写过求爱信,汤春仙当着高志成的面把信撕了,说高志成一副穷相,竟然还这么不知天高地厚,癞蛤蟆想吃天鹅肉。既然当年如此,那她现在来找高志成干什么?高德贵警惕地瞥了汤春仙一眼,发现她一手拎着两瓶酒,一手拿了两条烟,脸上堆满了笑。

汤春仙见高德贵疑惑地打量着她,便径直进屋,把手里的东西往桌上一放,亲热地说:"大伯,我就在镇政府工作,没别的事,来看看你呀。"

"我有什么好看的? 平白无故送东西来,我不要!"高德贵一边冷冷地说着,一边就要把东西退还给汤春仙。

汤春仙一看苗头不对,拔脚就走。

高德贵望着桌上这一堆东西,猜不透这个汤春仙葫芦里到底卖的什么药,恼怒得在屋里直打转。他认定,不管怎么说,这莫名其妙的东西是万万留不得的,所以第二天一大早,他拎了东西就往镇政府跑,他要去找这个女人,把东西还给她。

高德贵一路紧走,到了镇政府大院就直往里冲。门卫以为他是来送礼的,喝住问:"你找谁?"

"汤春仙。"

"呵,办公室汤主任,你该把东西往她家里送。"

"呸,"高德贵朝地上唾了一口,"我给她送礼? 做梦!"

喔,既然不是送礼,那么就是来退礼的? 门卫不由对高德贵认真打量起来,突然就叫出声来:"啊,你是高志成的爹?"

高德贵愣了愣:"你认识我?"

门卫说:"老哥,你和你儿子像一个模子里压出来的,不认识也认识了!"随后,他就神秘兮兮地凑上来说,"这点烟酒算什么?以后孝敬你的人多啦!"

"你这话是什么意思?"高德贵云里雾里,一片迷茫。

门卫朝高德贵眨眨眼睛:"哎,老哥,你是真不知道还是在装傻? 你儿子现在当镇长啦!"

哦,怪不得姓汤的要上门来巴结,高德贵这才算是明白了。可是,儿子连自己的父母都不管,他当镇长就能管好一镇的人? 简直是笑话! 高德贵只觉得一肚子烟熏火燎,还嫌手里拿的烟酒污了他的清白,得赶快还了,于是迈开大步就往楼里走。

门卫一把拉住高德贵,说:"老哥,别进了,领导今天不来。"

不来? 不来也得退! 高德贵把东西朝门卫手里一塞:"那就拜托你了,帮我退给那个女人。"

谁知门卫竟吓得连连摆手:"不不不,老哥,你别为难我。"

高德贵奇怪了:"这有啥为难你的? 你把东西给她不就是了?"

门卫更急了:"汤主任开会给我们说了,不该管的事别管。"

高德贵抢白他道:"她让你们不该管的别管,你问问她,为什么不该送的她就能乱送?"

门卫苦笑着,心想:再说下去,自己可就真要招惹是非了。于是他朝高德贵摆摆手,说:"老哥,你真要找汤主任,到火葬场去,今天刘书记的老爹大殓,镇上的领导都在那儿。"

祖宗十八代也搭不上的亲都去奔丧? 高德贵心里真是觉得莫名其妙。但是再想想,这汤春仙和自己浑身不搭界,却也硬要来孝敬自己,这不是也把我和他们挤一堆儿了? 真正要死啊! 高德贵想到这里,拎了东西转身就走。

镇东边,有条大路直通殡仪馆,高德贵急急地迈着步子,一路前冲。快要到殡仪馆的时候,他一眼望见汤春仙穿着白底蓝花衫,手臂上戴着的黑纱上还用白线绣了一个大大的"孝"字,正在指手画脚地指挥一帮治安队员把来往车辆拦在一边,嘴里还高叫着:"刘书记老爹的治丧车队就要来了,所有的车一律靠边!"

想想平时火葬场的大烟囱里天天在冒烟,生老病死乃人间常事,领导的马屁也不是这么拍的呀!高德贵心里的怒火"刷刷"直往上蹿:"汤春仙!"他喉咙响了起来。

周围的人见高德贵这个样子,个个吓得张口结舌。

汤春仙闻声转过头来,一看是高德贵在喊她,马上一脸堆笑地迎上来问道:"大伯,有事呀?"

高德贵把东西往她手里一塞,说:"拿回去!"

众目睽睽之下,汤春仙涨红了脸:"大伯,你这不是叫人难受吗?"

"难受?"高德贵冷笑一声,"谁难受?你让我吃不下、睡不好,难受的是我!"

想不到镇长老爹会是这种倔气冲天的人,汤春仙马屁拍不进,心里窝了一肚子火。正在这时候,只听"嘀嘀嘀"一阵汽车喇叭响,汤春仙转头一望,一辆装满了水泥的大货车正从国道上转过来,几个治安队员拦也拦不住。汤春仙一肚皮火正没处发,于是冲着开水泥车的驾驶员就一声猛吼:"停下,快停下!"随即,她就鸭子扑水般奔过去,当路一站,那辆大货车只好停了下来。

汤春仙挥挥手,治安队员登上车头,不管三七二十一,一把先把那司机从车上拉下来。

司机气坏了,铁青着脸吼道:"我们交过养路费的,凭什么不让我走?"

这时候,汤春仙一看表,刘书记的治丧车队就要来了,她冲司机说:"你少废话,赶快靠一边去,等治丧车队过了你再走。"

司机不理睬她,硬站着不动,几个治安队员就在旁边猛推,司机没防着,一屁股跌到地上。巧的是,就在这时候,一阵哀乐声从远处传了过来,而司机却像活死人似的就躺在地上一动不动。

汤春仙急出一身冷汗,没办法,想想自己开过小车的,也不管三七二十一,跳上大货车就发动引擎。她原以为只要把大货车往路边靠一靠就行,谁知一握方向盘,才知大事不好,这装满水泥的大货车完全不像小车能随心所欲地听指挥,她将车子一启动,车下人一片惊叫,吓得纷纷四下逃散。她才将大货车开出几步,突然车身猛一抖,几乎是与此同时,只听"咚"一声闷响,路边一根高压电杆直直地倒了下来,车前冒出一片火花……

汤春仙吓得浑身瘫软,活活像死过去一般,高德贵在旁边看得直摇头。

这时候,刘书记老爹的治丧车队已经开到跟前了,领头的是个年轻人,头戴白帽,腰束白麻,当他奔过来时,高德贵一看惊呆了:这不是自己儿子高志成吗?

高德贵气得眼中喷火,高志成却急得脚里抽筋。为啥?刘书记老爹出丧,居然在他管辖的地盘上出事,这个责任他担不起啊。

"司机呢?"高志成一声猛喝,几个治安队员赶紧把司机拖到他跟前。高志成指着司机的鼻子大骂:"真是瞎了你的狗眼,你这车是怎么开的?呸!"他狠狠地朝司机脸上啐了一口。

高德贵在一边实在看不下去了,想不到儿子手里有了点权,就这样疯狗似的待人。他一个箭步冲上去,"叭"一下把儿子头上戴的白帽抓下来,气狠狠地朝地上一丢,说:"你妈临死找不到你,我现在还没死,用不着你披麻戴孝!"

高志成一看是自己老爹,可众人眼目之下又发作不得,愣住了。

这时候,刘书记的治丧车队已经在国道上排了一长溜,那一阵阵哀乐撩得路人心里慌慌的,而由于倒了一根高压电杆,方圆百里一下子都断了电,殡仪馆的大烟囱也不冒烟了,就连附近工厂的流水线都停了下来,开发区一个基建工程正在浇制基础设施,等着水泥用,经理火急赶来一看,急得双脚直跳。

警察火速赶到现场,查明情况后问汤春仙:"谁让你自说自话开车的?"

汤春仙回答说:"是镇长。"

高志成一听跳了起来:"汤春仙,你昏头了?"

汤春仙没有昏头,出事之后,她想来想去只有实话实说。她对警察说:"是镇长通知我的,今天刘书记老爹大殓,要我在这个时段严禁所有车辆进出,确保治丧车队安全顺利通过。这辆货车硬闯进来不肯让,我是没办法才自己上去开的。"

警察正在处理事故,当地电视台记者这时候也赶到了,摄影机对着长长的治丧车队和倒地的高压电杆猛拍,坐在治丧车队里的刘书记一看急了:今天这些车都是公车私用,又是这么大的排场,曝光出去怎么得了? 他在轿车里坐不住了,派人把高志成叫了过去。

高志成见了刘书记就像老鼠见到猫,低着头喃喃道:"刘书记,马上……马上就通车了。"

刘书记朝高志成眼一瞪:"怎么会把事情搞成这样?"

一直跟在高志成后面的高德贵一听,一个管着几十万人口的书记,说话办事怎么就这个德性? 他冲上去,反问刘书记道:"怎么不会把事情搞成这样?"

"你是什么人?"刘书记莫名其妙地看看高德贵。

高德贵自我介绍说:"我是高志成他爹。哼,高志成他妈临死都找不到他,原来他是给你老爹披麻戴孝去了。他穿这一身孝服,就能从你手里换个镇长当当,嘿嘿,难怪这殡仪馆一年送走几千人都顺顺利利的,今天碰上你老爹出丧就这么不顺利。为啥? 你自己身子不正,你周围这号人太多!"

高德贵说完,头也不回地走了……

(张长公)

(题图:魏忠善)

山那边兄弟

　　肖建是干警察这一行的，最近因为在一个案子中的出色表现，领导特地批给他五天休假，还给了他一辆越野吉普，说是让他带着新婚妻子叶子去好好玩玩。自打干上警察那天起，肖建就从来没有休过这么长的假，没有得到过这么高的奖赏，所以心里特别兴奋。

　　第二天一早，肖建就带着叶子出发了，目的地是邻省的牛头山，那个地方风景优美，游客又少，情人去度假最合适了。

　　肖建整整开了一天车，天黑时，按照地图上标明的位置，他们应该是到了一个叫"牛蹄村"的地方，这里是进入牛头山风景区的必经之地。肖建开着车转了一圈，想找条进村的路，在村里住一宿，可是结果却非常失望，通往村里的路不但路面坑坑洼洼，而且非常窄,车子根本没法开进去,没办法,他只好将车停在村头。

肖建虽说是警察,可这里毕竟人生地不熟,他怕人进村后车子停在这里会有什么意外,于是就对叶子开玩笑说:"这车要比我们人贵重哪,今晚我们就在车上休息吧,有我这个保镖,你尽管一觉睡到天亮。"

叶子一听乐了:"好呀,你们领导想得真是周到,不但给假期,还给汽车旅馆,我们这回度假,钱倒是能省下不少啦!"

叶子就是这样爱说笑,肖建和她在一起,就是觉得开心。

就在这时候,肖建猛听到车窗外由远而近传来一阵闹嚷嚷的说话声,他抬头一看,发现这伙人的架势好像是冲着自己来的。也许是职业习惯吧,肖建本能地立刻将车灯打开,将车窗移下一点,探出头去问道:"你们是牛蹄村的吧,找我们有什么事?"

"查暂住证。"五六个扛着锄头、铁锹的山村汉子越走越近,其中一个身材特别高大的汉子舞着胳膊,粗声粗气地朝肖建嚷嚷着。

查暂住证?肖建一愣:从来没有听说过小山村里还有查什么暂住证的,这伙人到底要干什么?想到这里,肖建打开车里备用的红色警灯,把它往车顶上一放,按住叶子说:"你别动,我去对付他们。"随后,他就迅速开门下车,朝这伙人厉声吼道,"看到警灯了吧?我是警察,你们想干什么?"

竟然没有一个人害怕,依然是一副怒气冲冲的样子。

那高个汉子怀疑地看着肖建,说:"你是警察?你拿证件出来给我们看看!"

肖建刚掏出他的警官证,高个汉子就一把夺了过去,用手电照着挺认真地看了看,然后又问肖建:"那你的暂住证呢?拿出来看看!"

"什么暂住证?我没有暂住证,我只有身份证。"肖建心里窝了一肚子火,可他意识到自己是警察,在没有了解清楚真相之前,不能轻举妄动。

见肖建拿不出暂住证来,一个矮个汉子开腔道:"没有暂住证,就说明你是假警察,真警察绝不会知法犯法!"

"对!"又有一个汉子朝肖建吼道,"没有暂住证就是假警察,真警察绝不会知法犯法,哼,说不准he这辆车也是偷来的!"

其余人于是都七嘴八舌说起来:"对,他身上穿的警服肯定也是偷来的!""小心这小子,搞不好他还有手枪呢,不如先把他关起来再说。"

这伙人一边乱哄哄地嚷着,一边就举起锄头、铁锹,跃跃欲试地要砸过来。

真是好笑,没有暂住证就是假警察,这是什么逻辑? 再说了,谁听说警察还带着暂住证出去办事儿的? 就是这里真成了军事禁地或者国家重点保护地区,需要办理特别证件,也轮不到他们来查啊!

眼看这伙人嚷嚷着就要冲上来,肖建在心里提醒自己:此时此刻千万不能冲动,再怎么说他们也是山民,我不能把矛盾进一步激化。于是,他缓了缓口气,说:"你们先别动,告诉我,你们要的暂住证到底是怎么回事? 你们是什么人?"

"我们是牛蹄村的山民,"矮个汉子说,然后他又指指那个高个汉子,"他是我们组长。你是不是从城里来? 凡是城里来的,在我们牛蹄村过夜,都要查暂住证。没有就得补办,一个暂住证交二百块。"

叶子早就怀疑这伙人的真正目的是诈钱,所以听到他们终于把这意思明明白白说出来的时候,她气得"啪"推开车门就跳下车,朝他们发起火来:"你们是穷疯了吧? 既然你们这么不欢迎,那我们马上就走。"说完,她拉着肖建就要上车。

可叶子刚才甩出去的这几句话,就像捅了马蜂窝,那伙人更加起劲地朝肖建嚷嚷起来:"好家伙,这小子还是个大流氓,竟敢带着女人到我们地盘上来乱搞。"

"嘿,保不准还是个拐卖妇女的!"

听着这些污言秽语,叶子的眼泪都气出来了:"你们不要污蔑人,我们是办过结婚证的。"

"哈哈!"几个汉子兴奋得两眼放光,"既然是夫妻,为什么刚才不把结婚证拿出来给我们看看? 拿不出结婚证,往轻里也得治你们个卖淫嫖娼的罪。对了,按你们城里规矩,每人最少罚款五千块。"

这不分明是在敲诈嘛! 但是肖建心里清楚:现在对这伙人无理可讲,唯一的办法就是尽快离开,然后找当地公安机关反映情况。

肖建瞅准机会,冷不丁把叶子往车上一推,自己也随之钻进车里,迅速关了车门。随后,他打开车里的喊话喇叭,朝这伙人喊道:"我就是警察,关于暂住证的问题,明天我会答复你们的。现在,请你们立刻让开!"

可这伙人没有一个挪位子,全都气汹汹地朝肖建和叶子吼道:"我们的地盘,你们想来就来、想走就走? 没这么容易!"

"那你们想怎样?"叶子"呼"地摇下车窗,瞪着眼睛冲他们反问道,"难不成我们现在就给你们钱补办暂住证?"

"你这是什么态度?"矮个汉子闹哄哄地扯开喉咙朝叶子吼着,"这么晚了,我们现在不办公,就是办也要到明天八点,上班后再给你们补办。"

也有人说:"行啊,现在给你们办也可以,得付加急费一千块。"

天知道,这么小的地方,居然也摆出官僚作风来了!

更有甚者,还有人硬要来开车门:"下来,下来,你们今天一个也别想溜,有本事跟我们到村里理论去!"

正在这当口,肖建看到又有几个人急匆匆朝这里奔来,他吃不准这伙人接下来究竟要干什么，会不会真的动起手来？心里不免有点紧张。

叶子推推肖建："怎么办？我刚才已经开过手机了，这里是盲区……"

"我知道。别怕！"肖建心想：这种时候，我一定不能把我的紧张情绪传染给叶子。他再一次拿起喊话喇叭，正琢磨着怎么继续与这伙人对话，那几个人已经奔到了车跟前。

为首的一个步子还没停稳呢，就呵斥那伙人说："你们这不是胡闹嘛，有事儿说事儿，怎么能乱来一气？"

随后，他转过头来，一脸歉意地对肖建和叶子自我介绍说："我是村里的支书，实在对不起，我来迟了，要不是你这个喇叭声音大，我还真不知道他们在这里给你们瞎闹哄。你们的车怎么会停在这里的？有什么难处尽管说，我给你们解决。"

肖建一时倒被弄糊涂了，不知道这几个是和那伙人串通了在唱红白戏呢，还是他真是村里的支书，真来解决问题的。

支书大概猜出了肖建的心思，解释说："同志，不瞒你说，我们村里每年都有人去城里打工，可进城以后，城里人三天两头查他们的暂住证，碰上我们有些兄弟把证搞丢了或是忘带了什么的，那可就是一连串的麻烦事儿，办个手续要跑机关，不跑个十趟八趟还真办不下来；若是再碰上个态度差点的，那真是够呛。他们肚子里有气，又不敢当面说，回来以后老朝我嚷嚷，说什么时候也给城里人办一回证。这不，今儿个逮着机会就冲你们来了……"

听了支书这番话，肖建终于明白了事情的来龙去脉，顿时心里觉得沉甸甸的：支书说得没错，城里个别工作人员确实对农民兄弟有些冷漠，一些做法伤害了他们。看来，执法要严，执法更要有情啊！

（林　火）

（题图：安玉民）

制造罪恶

　　李大勇靠蹬三轮挣钱度日,生活虽不富裕,但却过得心安理得。这天,他正蹬车在路上,腰里的手机响了,对方也不说自己是谁,上来就问:"你想不想发财?"李大勇一听这没头没尾的话,就冲对方说:"我天天都想发财。"谁知对方立刻说:"那好,如果你弄死赵广明家那对鸽子,我给你一万块。"

　　这儿的人谁不知道赵广明?据说资产上亿,家里可有钱了,李大勇蹬车常路过他家,确实看到有一对鸽子从他们花园里飞进飞出。按说要杀死一对鸽子并不难,可谁会为了两只鸽子给一万块钱呢?李大勇根本不信,也懒得搭理对方,于是就把电话挂了。

　　不料此后,对方天天来电话。李大勇烦了,有一次就没好气地说:"你别天天吵我,真要我干,就先寄二千块钱来。"

没想对方还真向李大勇要账号,这一来,李大勇心里奇怪了:怎么回事?他很想探个究竟,于是就把自己一个只剩二块钱的卡号告诉了对方。没想对方第二天就果真把钱打进卡里来了,李大勇不觉有点心慌,赶紧把事情告诉了妻子。

他妻子一听,立刻动了心:"杀鸽子又不是杀人,怕什么?"

李大勇犹豫着说:"万一我把鸽子杀了,他不给钱呢?"

妻子笑他:"以前在乡下,没人给钱你不还照样打鸟玩? 就算以后不给,眼下这二千块你不是已经拿到手了?"

李大勇被妻子这么一鼓动,想想也是,于是就带了一把气枪到赵广明家附近转悠起来。一会儿,他见那对鸽子从花园里飞出来了,看看四下没人注意,于是就把手里的猎枪举了起来,只听"啪啪"两枪,两只鸽子就应声掉在了地上。

接下来真是神了,李大勇刚刚踏进家门,对方电话就来了,说剩下的八千块已经打进他卡里了。李大勇去银行一查,果然如此。

突然来了这么多钱,李大勇和妻子很兴奋。可是再想想:对方这个神秘人到底是谁呢? 他为什么要花这么多钱请人去杀死赵家那两只鸽子? 既然这事很容易下手,他为什么自己不干? 杀死赵家那两只鸽子,对他有什么好处? 夫妻俩百思不得其解,当晚躺在床上,翻来覆去一夜都没睡好。

第二天早上,夫妻俩还在迷迷糊糊着,神秘电话又来了,说:"赵广明养了一条狼狗,你知道吗?"

李大勇心想:莫非这回要我去杀狗? 会给多少? 二万? 三万? 他还没来得及回答,对方已经开出了价钱:"如果你弄死赵广明的那条狼狗,我给你五万。"

"五万?"这对眼下还在蹬三轮的李大勇来说,五万简直就是个天文数字。李大勇脱口道,"行,我照办,一定照办!"

挂电话前,李大勇脑子一转,试探着问:"对不起,我能不能问问,你是谁啊? 为什么要我去杀赵家的鸽子和狗呢?"

对方的声音显得非常冰冷:"你最好别问,一旦知道底细,这种生意就轮不到你做了。"

李大勇一听,只好闭嘴。

当晚,李大勇带了把尖刀,悄悄蹲伏在赵家门口附近,他还特地带了一只烤鸡腿,上面涂了蒙药。夜半时候,赵家的狼狗出来了,李大勇就拿烤鸡腿去引它,一直把它引到一栋烂尾楼里,随后把烤鸡腿往它嘴里一塞,将刀捅进了它的胸膛。

杀了狗,不见对方电话来,李大勇第二天就去银行查账。神了,五万块钱已经打进他卡里了。看来,这个神秘人不但讲信用,而且对李大勇的举动了如指掌。

这么多年了,李大勇蹬三轮挣的钱一直就是刚能糊口,时不时地还需要哥哥接济,现在好了,一下就有了六万块,夫妻俩于是就准备开店做生意,天天忙着四处找店铺。

就在这时候,神秘人的电话又来了:"老弟,我想给你五百万!"

李大勇吓了一跳:"五百万? 你这回要我杀的是⋯⋯"

那人压低嗓门说:"赵广明的小儿子。"

李大勇惊叫起来:"什么,你要我去杀人?"

那人说:"你自己想清楚,不管你用什么办法,只要把他小儿子杀死,我就给你五百万!"

"这⋯⋯"李大勇脑子里一片空白,一时不知道说什么。

神秘人催他:"想不想要?"

李大勇吞吞吐吐:"你⋯⋯让我考虑一个星期。"

"也好,一个星期以后,我再打电话给你。""啪"神秘人把电话挂了。

李大勇跌跌撞撞回到家里,把事情跟妻子一说,这回妻子思路非常清楚:"这事儿绝不能干,别说五百万,就是给五千万,咱也不能干。真要干了这事,这辈子就别想好过。"

可李大勇此时已经控制不了自己了,"五百万"就像魔鬼一样死死咬住了他的心,他哪里还有心思继续去找店铺,就想着如何把赵广明的小儿子干掉,好尽快把五百万拿到手。

李大勇的哥哥是小学老师,赵广明的小儿子就在他哥哥那个班读书,李大勇决定去找哥哥,摸清赵家小儿子的活动规律。可没料他赶去哥哥家,嫂子却告诉他说:"你哥出门了,是和赵广明去南宁参加母校校庆活动的,前天打电话回来,突然说他要去越南,现在连手机都关了,还不知道人到底在哪儿呢!"

没见到哥哥,李大勇有点失望,但听说赵广明也一起去的,他就感觉自己接下去要干的事情好像少了些障碍,便忍不住又去赵家门口转悠。这时候,赵家保姆阿兰正好买菜回来,李大勇看到她,突然计上心来。

李大勇马上去买了一张 SIM 卡,替换掉自己原先那个手机旧卡,然后拨通从神秘人那里要来的赵家电话,问清是阿兰后,说:"阿兰,你把赵家门口那棵菊花拔掉,我给你一千块钱。"

挂电话后,李大勇就躲在赵家门外等着,可是等了许久,根本就没见阿兰走出赵家大门半步,更别说来拔菊花了。

到了晚上,李大勇悄悄把二百块钱放到那棵菊花边上,然后又给阿兰打电话,说:"为了表示诚意,我先给你二百块,已经放在菊花那儿了,你自己去拿。把菊花拔掉后,我再给你八百块。"

这一招真灵,李大勇很快就看到阿兰开门出来拿钱,并且把菊花拔了。不一会儿,李大勇就收到阿兰发来的短信:花已拔,请把钱存进我卡里。后面附着卡号。

李大勇"嘿嘿"冷笑一声。第二天,他先是把八百块钱打进阿兰卡里,然后又拨通她的电话,说:"你把赵家那只猫毒死,我给你一万块。"

这回阿兰爽快多了,立刻答应说:"好,明天你到门口来看死猫。"

第二天一早,李大勇果然看到那只死猫被阿兰丢在了门口,于是就把一万块钱打进了她卡里。

试了两次,李大勇的目的就是要阿兰去帮他杀赵光明的小儿子,现在看来,时机到了。李大勇拨通阿兰手机,也学那个神秘人的样子,说:"我想给你八十万。"

阿兰问他:"你要我干什么?"

李大勇说:"立刻把赵广明的小儿子干掉。"

阿兰不出声,肯定是愣住了。李大勇心想:完了,先前那一万一千块钱算是白丢了。

可沉默了一会儿,阿兰竟开口了:"除非你再加二十万!"

李大勇心里一阵惊喜:阿兰肯干,那就意味着自己可以有一大笔钱到手了?他立刻答应:"好,再加二十万,给你一百万!"

阿兰追问:"一言为定?"

李大勇爽快地说:"当然一言为定,决不耍赖!"

一个星期就这么过去了,那个神秘人非常准时地给李大勇打来电话,问他想清楚了没有,李大勇说:"想清楚了,我干。"

神秘人似乎有点不相信,追着问他:"这可是杀人的事啊,你真想清楚了?"

李大勇说:"我已经想好了,等把事儿干了,你必须立刻把五百万打进我卡里。"

岂料李大勇这话刚说完,神秘人竟在电话那头惊叫起来:"阿勇,你怎么真的要去杀人?"

这声音好熟啊?李大勇发觉竟是哥哥的声音,这下轮到他吃惊了:"哥,你不是去……去越南了吗?这是怎么回事?"

李大勇的哥哥叫李大文,前一阵和赵广明去省城参加校庆活动,回来的路上两人海侃神聊时,赵广明说,眼下只要有钱,什么事情都能做,甚至能把淑女变成娼妓,能把君子变成凶犯,他的结论是:没有什么是钱改变不了的。

李大文听了很不服气："你能把我弟弟大勇也变成杀人犯？"

赵广明竟然胸有成竹地点头："不出一个月！"

两人当下就打起赌来：如果一个月内，赵广明真把李大勇变成杀人犯，李大文从此就什么都听赵广明的；而如果变不了，赵广明就输给李大文十万块钱。

为了避免李大文事前跟弟弟串通，两个人回来后，赵光明不但拉李大文一起住到他家老房子去，而且和李大文形影不离。李大文呢，为了不让妻子着急，就当着赵广明的面打电话告诉妻子，说自己要去越南，随后就把手机关了。

接下来，赵广明就开始扮作神秘人，一次一次给李大勇打起了电话。

李大文在电话里痛心疾首地说："阿勇，在我心里，你是最老实最本分的人，怎么二三个回合就真会被钱牵了鼻子走，居然还愿意去做杀人犯？幸好我们安排人寸步不离地把赵广明那小儿子带在身边，不让你有下手的机会，否则后果真是不堪设想，到时候你也只有死路一条了！"

李大勇一听，跺着脚喊道："哥，你快让人去赵家看看，他小儿子……"

李大文说："没事，他家阿兰看着呢！"

李大勇急得都快哭出来了："就是阿兰……哥，快！快救孩子！"

李大文一听弟弟声音不对，丢下电话就拉赵广明往他家里赶，结果开门进去一看，阿兰早已不见了人影，小儿子歪歪地倒在床上。

赵广明愣住了，扑上去抱起小儿子号啕大哭："怎么会这样？怎么会这样啊？"

（华　凯）

（题图：安玉民）

善心如水

入秋不久,老简就开始了他梦寐以求的青藏高原自驾车旅游。

出行第四天,他到了一个人烟稀少的地方,举目四望,这里没有一星半点绿色,显得格外荒凉,直到太阳快要落山的时候,前面才终于出现了一个小村子。老简过去一看,村里稀稀拉拉住着十来户人家,其中有一户的屋前有一个大院,用木栅栏围着,院门口竖着一块牌子,上面写着几个歪歪扭扭的字:吃饭住宿补胎。老简决定就在这儿住上一夜,于是把车往院里一停,就进了屋。

屋里有好几个客房,条件简陋不用说了,但收拾得却非常干净。和老简住一个房的,是一位来自广东的胖司机。

睡觉前,老简和胖司机打算洗个澡,可店老板却告诉他们说,这一带非常缺水,水都是从很远的山里用驴车拉来的,拉一趟少说也要大半天,所以这儿水比油还珍贵,洗菜后的水用来洗脸,洗脸后再用来喂牲口,哪还有水给他们洗澡。

胖司机不信还会有这样的事,就跑到水窖那儿去看,果然是空的,只有厨房里还剩最后半桶水。没办法,他们两人只好脸不洗就上床,店老板则套上驴车去山里拉泉水。

话说老简和胖司机睡下没多久,迷迷糊糊间突然被一阵响动惊醒,侧耳细听,声音好像是从院里传来的。两人顿时心里一紧:莫非有人偷车?两人不约而同地赶紧跳起来往窗外看。

借着月光,他们发现果真有个十二三岁的男孩,两只手各提着一只铁桶,钻过木栅栏,鬼鬼祟祟地钻进院里,来到车前,四下望望,然后就一头钻进了车底下。

胖司机惊叫起来:"那是我的车!他钻进去想干什么?"

所以,那男孩钻到车底下才一会儿,突然就听到一阵脚步声,再爬出来想逃已经来不及了,老简和胖司机就堵在他面前。

胖司机一把揪住男孩,将他摔倒在地,又狠狠踢了一脚,然后问他:"你想干什么?"

男孩两只手护着脑袋,瑟瑟发抖地说:"我⋯⋯我想找点水。"

胖司机一时没反应过来:"扯蛋!找水怎么找到我车底下来了?"

男孩两只眼睛直勾勾地看着胖司机,颤声说:"我看院里停着车,我猜想⋯⋯猜想车里的水箱里肯定有水⋯⋯"

胖司机这才恍然大悟:"妈的,你想偷我水箱里的水?哼,你想害死我啊?我这车值好几十万呢,要是没水烧坏了车,我找谁赔去?"说着,他抬腿又要踢男孩,被老简拦住了。

老简扶起男孩,轻声说:"告诉我,你要水做什么用?"

男孩怯生生地回答道："喂驴,我家那驴已经三天没喝水,快要死了。"

胖司机一听,又好气又好笑："你他妈一头驴值多少钱,总不会比我这车还贵吧?"

男孩却被胖司机这话惹哭起来："我家那驴是用来拉水的,它是我家的命根子,要是驴死了,爸爸妈妈回来决不会饶我的。"

老简忙问男孩："你爸爸妈妈去哪儿了?"

男孩这才说出了原委。

原来,男孩的父母在县城打工,留下男孩在家伺候年迈的奶奶,考虑到孩子还太小,没法去山里拉水,父母便每个星期回来去山里拉一罐水,储在家里。可前天早上男孩在做饭时,不小心打翻了大半罐水,家里用水一下就紧张起来,他吓得这几天都不敢给驴喂水了……

老简听着男孩的述说,心里酸酸的。他想了想,猛地拎起男孩丢在地上的那两只铁桶,"忽"地就钻到自己"猎豹"车底下,拔出水管,把水箱里的水全放进了这两只桶里。

胖司机惊叫起来："嘿呀,你犯什么傻呀?"

老简没吱声,随后,他钻出来,站起身,提起这两桶水,对男孩说："走,带我上你家喂驴去。"

男孩开始一直呆呆地愣在那儿,听老简这一说,才明白他的意思,顿时高兴得不得了,带着老简掉头就走。

过后没多久,老简回来了,胖司机朝他撇撇嘴,说："没看出来,你还是个活雷锋啊!"

老简没搭理他,蒙头睡了。

天亮时分,去山里拉泉水的店老板回来了,叫醒老简说："你这人太不厚道了!"

老简被弄得云里雾里："我怎么了?"

店老板摇摇头说："算了,不说你了。唉,要怪只怪我们这地方太穷,连个天气预报也收不了。"

老简越发糊涂了:"我究竟怎么了? 你直说吧!"

店老板直朝老简翻白眼:"说就说。我问你,来这之前,你肯定听过天气预报吧? 要不,你咋晓得昨晚会下冻? 可你不像一个出门人哪,你怎么能只顾自己不管别人呢? 你自己知道把水箱里的水放了,可你去看看人家那水箱,就因为没放水,已经冻裂啦! 你说,这种鬼地方,叫他现在上哪去买水箱?"

店老板说这番话的时候,胖司机刚刚醒来,听到话尾,他急得"噌"地从床上跳下来,朝店老板吼着:"你是说我吗? 我的车水箱冻裂了?"

店老板说:"我还能骗你? 不信你自己看去!"

胖司机外套也来不及披,就赶紧朝院里跑,跑到自己车跟前一看,立刻就顿足捶胸地大叫起来:"天哪,这是什么鬼天气啊,怎么说冻就冻了? 我这趟货算是白拉啦!"

老简也跑来了,店老板跟在后面还在嘀嘀咕咕地说老简的不是。

胖司机看看老简,突然像是明白了什么,朝店老板摆摆手,说:"不怪他,不怪他! 唉,人哪,看来还真得有点儿善心才行,不然老天爷也会和你过不去呀!"

（许申高）

（题图:安玉民）

过 犹 不 及

小心谨慎是优点,小心过头便是胆怯。举一反三,凡事皆有度,莫不如此。

提不起的"老资格"

物资局有位"老资格",快五十岁了,还是副科级,他天天想提拔,都想疯了。

恰巧这时,局里换了个新局长。新局长见老资格工作非常认真,又积极肯干,业务又娴熟,就有心想提拔他,可拿到办公会上讨论,就是通不过,大家挑不出老资格啥毛病,但就是不投他的票,局长心里挺纳闷。

开完会,局长想去老资格办公室找他谈谈,推门进去一看,偌大的办公室里,其他人都不在,只有老资格一个人,正在认真地拧开胶水瓶盖,往照片背面抹胶水,准备把照片往"干部履历表"上贴,局长大驾光临,他全然没有注意到。

局长故意咳嗽了一声,老资格一惊,抬起头,发现是局长来了,忙站起身来,毕恭毕敬地给局长让座。

局长朝老资格摆摆手,随手从旁边拿过一把椅子,说:"甭客气,我坐旁边一样嘛!"他边说边朝老资格桌上的履历表扫了一眼,发现上面的字儿一律蝇头小楷,写得工工整整。局长不由感慨道:"难怪要说'见字如见人'哪,你平时工作认认真真,写的字也一样啊!"

老资格被局长一夸,有点激动,脸都红了,一边嘴里谦虚着:"哪里!哪里!"一边就要为局长沏茶。

局长说:"我自己来,自己来!"

可是老资格坚决不让,两个人这一推一挡,不小心就把茶杯碰倒了。

"你看看,你看看!"局长有点过意不去,"我说我自己来嘛,看把你身上弄湿了吧?"

老资格连连哈腰,说:"没关系,没关系!"

为了缓和紧张气氛,局长一边帮老资格擦去碰倒在桌上的茶水,一边和他拉起了家常。最后,局长宽慰老资格说:"你可能也听说了,这次组织上没有提拔你,是因为还要对你再考验一段时间,你可别闹啥情绪哟。"

本来得知自己这次提拔泡汤,老资格心里很沮丧,但现在见局长如此看重自己,还亲自来找自己谈话,他心里宽慰了不少,所以赶紧对局长表态说:"我知道,我知道!应该的,应该的!"

局长看老资格的样子很紧张,觉得再坐下去也谈不出什么来,就拍拍他的肩,站起来准备要走。没料这时候,老资格就像一个做错了事的孩子,诚惶诚恐地抬起头来,两只眼睛从局长的头上移到脚上,张张嘴,想说什么,却又没吱声。

局长不由问他:"你……有话要说?"

老资格脸憋得通红,张了张嘴,可还是没开口。

局长觉得很奇怪:"有什么事不能说的?说吧!"

"照……照片……"老资格好不容易从喉咙里憋出两个字来。

"照片?"局长眨眨眼睛,"什么照片?"喔,他忽然想起来了,"你是说你刚才在粘胶水的照片……"

"局……局长,"老资格小心翼翼地看着局长说,"我……我知道照片在哪儿,只……只是不好意思向您……向您要……"

"我什么时候拿过你的照片?"局长一脸疑惑,突然,他发现老资格眼睛里的那两道光,这时候正从他脸上移到他的脚上。

猛然间,局长似乎意识到了什么,赶紧低下头,抬起右脚,又抬起左脚,他万万没有想到,老资格原本要往履历表上贴的那张照片,此时正粘在他左脚的皮鞋跟上。

局长不能理解:"你既然知道照片被我鞋跟粘了,为啥不赶快说呢? 也不至于搞得现在这么脏啊!"

老资格痛苦地摇头:"您是局长,我……我不敢说。"

局长一听愣住了,半天才说:"你这样做人,太累呀!"

"难怪大家不喜欢他。"局长心里自言自语。

(雷国胜)

(题图:李 加)

占便宜

有天中午,快十二点的时候,有个叫刘旺的村民一手拿了一顶崭新的草帽,一手拿了一根竹竿,急匆匆往村西头奔去。

大热的天,又是正晌午头,刘旺这是干啥去呢?

有个叫海林的细心人注意到了刘旺的奇怪举动,就悄悄跟了上去。走到村子西头小河那里,他发现刘旺不走了,把草帽顶在竹竿头上,举着竹竿就朝前挑去。海林一看,明白了!原来,小河边长了棵棠梨树,其实也就丈把来高,还是个歪脖子,可就在歪脖这里却鼓起一个水桶大的包——不是棠梨树出了毛病,而是一群蜜蜂正窝在这儿。显然,这是一伙炸了群的蜜蜂,看来刘旺是打算把它们收拢起来。

海林心想:这样的便宜为什么白白让刘旺一个人占了? 他

于是赶紧跑回家,也去拿了草帽和竹竿来,也学着刘旺的样,把草帽顶在竹竿头上,举着竹竿往歪脖棠梨树上伸。

刘旺见半路上突然杀出个程咬金来,心里虽然十二分不乐意,可也没办法,不过,当看到海林竹竿头上顶着的那顶旧草帽,他不由捂着嘴偷偷乐了。为啥?旧草帽上有人的脑油味儿,蜜蜂是什么小生灵啊,专与花粉和花蜜打交道,你用一顶有脑油味儿的旧草帽去收它,它会理你?不过刘旺心想:这个窍门绝对不能让海林知道。

还有一层意思,海林也不知道,那就是:刘旺不但用的是新草帽,而且那草帽还在糖水里浸过,蜜蜂喜欢糖,不愁它们不往草帽上落。

可海林的脑袋瓜精明着哩,一看怎么蜜蜂尽往刘旺那边飞,他看着看着就看出了点眉目,很快就把竹竿放下了,站到一个土堆上,大声吆喝儿子给他送顶新草帽过来。海林的家就在附近,他嗓门又大,这么一喊,儿子立马就听到了。

刘旺本来见海林来插一脚心里就不乐意,现在见海林大声嚷嚷,终于忍不住了,瞪着海林吼道:"你咋呼个啥?想让全世界的人都来?"

海林因为见自己收效甚微,心里也憋着气,现在被刘旺这一训斥,哪里肯示弱,就顶了一句:"怎么,是你家的蜜蜂吗?老子就是要让满世界的人都知道,有饭大家吃,有便宜大家占,谁也别想着自个儿独吞!"

"好好好,你能,你能!"刘旺不想和海林纠缠,一心一意想赶快把这窝蜜蜂收拢来。

却说海林的儿子这时候已经从家里向这边跑来了,一边跑一边大叫:"爸呀,咱家里没有新草帽,咋办呀?"

这一嚷嚷不当紧,许多人听到声音都跟了过来,一看就明白是怎么回事了,立马回家拿家伙去,没草帽的用斗笠,没竹竿的用长棍……总之,大家"八仙过海,各显神通",一时间,棠梨树下就聚集起了十七八个人。

要知道,一笼蜜蜂值二三百块钱呢!炸了群的蜜蜂是无主的,无主的东西谁都有份儿,就看你有没有福气碰上。这一来,刘旺心里那个气呀:好好一件事,硬是让海林给搅黄了。

也许是因为人越来越多的关系,蜜蜂们的生活受到了干扰,于是它们好像得到了号令似的,"哗"一下突然全飞了起来,先是围着棠梨树兜圈子,后来就像一片乌云一样朝东北方向拥去,连本来已经停落在刘旺草帽上的,也都随之而去。

树下这些人顿时沮丧得大眼瞪小眼,只好悻悻地往回走。刘旺气得一边走一边在嘴里骂,大家知道他心里憋着气,谁也不敢惹他。

没想当天晚上,一个爆炸性消息传遍了全村:这群蜜蜂其实并没有飞远,而是神不知、鬼不觉地落到了海林家的屋檐下,硬是被海林收到一个用破木箱临时改成的蜂箱里了。于是第二天早晨,很多人都去海林家看,果然发现他家院子里一棵樱桃树下,四块砖头支起一个蜂箱,箱子开口处,正有一些蜜蜂在忙忙碌碌地飞进飞出。

后来,刘旺也过来看,他一进门,就冷着脸对海林说:"你收这笼蜜蜂,有我一份功劳。"

海林满脸堆笑,连连点头:"是的,是的,是你先发现的。"

刘旺问他:"那你说咋办?"

海林点头如鸡啄米:"我请客,我请客。"他一边说着话,一边就将一支烟敬到刘旺面前。

刘旺鼻子里哼一声,说:"我可不是图你一支烟来的!"

海林有些吃惊:"那你想咋的?"

刘旺说:"一笼蜜蜂咋也值个三百、二百的吧?我不多要,你拿一百块出来,我立马走人。"

海林惊呆了:"你这不是大白天说梦话吧?"

刘旺朝他眼一瞪:"这话是你说的?"

海林朝他头一点:"是我说的,怎么样?"顿了顿,又补了一句,"总听人说'做梦娶媳妇,光想好事儿',今儿个我算是亲眼见了。"

刘旺不吱声,瞥一眼海林,突然就走到樱桃树下,一脚朝那只蜂箱踹过去。立刻,那蜂箱被踹成了两半,箱里的蜜蜂"呼啦"一下全飞出来了。

海林气得全身血"轰"一下直往脑门上冲,进屋就去找家伙,说要跟刘旺拼命,可当他拿着扁担奔出屋时,还没冲到刘旺跟前,竟就气血上涌,一头栽倒在了地上。而就在海林倒地的同时,那窝蜜蜂围上了刘旺,刘旺一边朝院子外猛逃,一边鬼哭狼嚎般的叫……

后来,刘旺和海林都被送进了医院。刘旺中了蜂毒,住院二十多天,花了六千多块;海林得的是脑血栓,住院半个多月,花的钱一点不比刘旺少。

至于那群蜜蜂,早不知飞哪儿去了!

（王奎山）

（**题图:安玉民**）

一张百元钞票

　　张亦扬单位效益不错,这不,夏天到了,还给每人发三千块旅游费。

　　到什么地方去呢? 全国叫得响的风景名胜地,张亦扬这几年都已经去得差不多了,他想来想去,决定这次索性去一个偏远山区看看,也许越是贫穷闭塞的地方,会越有一种原始的自然美。最后,他选定一个国家级贫困山区,那地方年均收入不足百元,要是遇到天灾人祸,只有靠政府救济过日子。

　　这天,张亦扬背上一个大行囊,几经周转终于来到了目的地。果然不出所料,这里重峦叠嶂,空气非常清新,青青的山,清清的水,没有都市里的喧闹,好一处世外桃源。

　　张亦扬悠闲地在山里一路走着,一路看着,不知不觉就到中午了。他走得大汗淋漓,感觉口渴得不行,越过一个山冈时,看到前面有一块西瓜地,圆滚滚的西瓜躺在那儿,他馋得直流口水。

见田头有个瓜棚,张亦扬就喊了声:"有人吗?"

立刻从瓜棚里钻出个小姑娘来,看上去十来岁的样子,头上扎一对羊角辫,两只山泉般清澈的大眼睛怯生生地望着张亦扬。

张亦扬冲小姑娘一笑,说:"我口渴,想买只大西瓜'救命'。"

小姑娘马上高兴地"哎"了一声,"噔噔噔"跑到瓜地里摘来一只西瓜,说:"叔叔,给,保证又甜又解渴。"说话间,小姑娘已经挥起刀来,一下把这只西瓜给"杀"了。

张亦扬一看,嚯!这瓜青皮沙瓤,果真是绝对的好瓜。他立刻捧起西瓜,急吼吼地啃起来,一边啃,一边还和小姑娘拉家常,得知这小姑娘叫翠儿,在山下小学读三年级,她爸爸到山外打工去了,家里只有她和妈妈。小姑娘还告诉张亦扬,只要把这地里的瓜卖掉,她下学期的学费就有着落了。

说话间,张亦扬把这只西瓜全啃下肚去了。他抹抹嘴巴,问小姑娘多少钱,小姑娘脆生生地说:"一块!老少不欺。"

张亦扬吓了一大跳:在城里,这样一只西瓜,至少得卖三十块钱呢!

张亦扬看着小姑娘被晒得红彤彤的脸蛋和干裂的嘴唇,从心里生出一分喜爱,他决定献一份爱心给她,于是从钱包里抽出一张百元大钞,说:"翠儿,我手里没有零钱,给你一百块吧,不要找了。"

可是,翠儿却被张亦扬的慷慨吓住了,两只大眼睛直直地盯着这张百元大钞,不敢来接,也不说话。

张亦扬把钱塞到翠儿手里,说:"别客气,这一张钞票,就够你下个学期的学费了。"

翠儿疑惑地攥着手里这张大钞票,突然,又把它还给了张亦扬,说:"叔叔,我不要,你就给我一块钱吧,我刚才看见你钱包里有一块钱的。"

张亦扬着实被翠儿的这份朴实感动,就更坚定了要献爱心的念头,于是把这张百元大钞再次塞回到翠儿手里,还故意板下脸说:"你这小姑娘,怎么这么不听话呢?你要是再不收下,叔叔就要生气了。"说着,还做出一个要打耳光的样子。

翠儿吓坏了,于是便不再坚持,只是把钞票拿在手里,一个劲儿地看来看去。

张亦扬见翠儿把钱收下了,就摆手向她道别。

翻过山坡,谁知前面又是一番别有洞天的景象!张亦扬戏弄着泉水,追赶着松鼠,不知不觉间太阳就落下了西山,天色很快暗淡下来。张亦扬赶紧想找一家农舍过夜,三转两转,一处灰墙土瓦的农舍出现在眼前,他欣喜地走上去,敲开了这家的门。

来给张亦扬开门的是一个四十来岁的大嫂,看上去挺和善,可一听张亦扬说要借宿,不禁面露难色。

张亦扬赶紧声明:"大嫂,我只是借宿一晚,再讨点吃喝,你放心,我会付钱的。"

大嫂笑了,说:"不关钱不钱的事,只是因为……因为当家的不在家。"

张亦扬明白了,原来大嫂是怕"瓜田李下"呀,他赶紧把自己的工作证拿出来,又递给大嫂一张名片,说以后进城有事可以找他。大嫂这才打消了疑虑,把张亦扬让进屋里。

进屋后,张亦扬立刻就乐了,因为他看见在灶下烧火的那个小女孩不是别人,正是卖西瓜给他的翠儿。张亦扬笑嘻嘻地上去和翠儿打招呼,谁知翠儿一愣神后,竟白了张亦扬一眼,不理睬他。

张亦扬糊涂了:这是怎么回事?自己可没白吃她的瓜呀?而且还特地献爱心给了她一百块钱呢,怎么才半天时间,她就对自己敌视起来？再转念一想，肯定是小姑娘悄悄把这钱藏起来了，怕待会儿张亦扬说露了馅，才故意做出一副陌生人的样子。

这时，大嫂叫翠儿给张亦扬倒杯水，翠儿却装作没听见，坐在那里一动不动。大嫂生气了，骂道："你这个死丫头，家里来了客人，怎么连杯水都不倒？"

只见这时候翠儿猛地站起身，"噔噔噔"跑到她妈跟前，踮起脚，贴着她妈的耳朵嘀嘀咕咕地说了一阵，随后大嫂定定地看了看张亦扬，脸色变得难看起来。

张亦扬觉得很奇怪：翠儿到底给她妈说了什么话，会让她妈对自己的态度来个一百八十度大转弯？

屋里的气氛也随之尴尬起来，张亦扬刻意找话题，可大嫂总是不冷不热地应付几句了事。接下来，这顿晚饭也让张亦扬吃得特别没味道，屋子里静静的，只有三个人喝稀饭的"呼啦呼啦"声。饭后，翠儿母女俩也不理睬张亦扬，丢给他一床被子，她们自己就去了里屋，还"砰"一声重重地把门关上了。

张亦扬想想真是气坏了：这个翠儿怎么能这样对待自己？没想到献爱心居然惹出麻烦来了！第二天一大早，张亦扬看到翠儿和大嫂起床从里屋出来，就赶紧跟着爬起来，可这母女俩依旧没有好脸色给张亦扬看，张亦扬只好默默地背起背囊离开，母女俩也没有再留他。

走的时候，张亦扬并没有按原先说的，再拿出他昨晚住宿和吃饭的钱，他觉得给翠儿的那一百块里，除了买西瓜一块钱，余下的支付这些完全绰绰有余，他可不想再多掏一分钱来看这母女俩的冷脸了。

一路上，张亦扬心里很郁闷，看来这里的风景很美，可人心不咋的啊！他再没有继续游下去的兴致，怏怏地回了城。后来工作一忙，也就慢慢把这些事忘在了脑后。

到了这年年底，一天，张亦扬忽然收到一封信，从邮戳辨认，就是从他曾经去过的那个山区寄来的,拆开一看,果然是! 这封信就是翠儿写来的。

张亦扬猜想:肯定是后来翠儿心里内疚,给自己道歉来了。果然,信的开头这样写道:

敬爱的叔叔,请您接受我和妈妈对您的歉意。

张亦扬冷笑一声,继续往下看:

叔叔,我和妈妈都错怪了你,那天晚上,你在我们家受委屈了。本来,妈妈是会热情招待你的,都怪我在她耳边说了那些悄悄话,我告诉她说,你就是那个吃西瓜不付钱的坏人。

叔叔,您一定会奇怪,您不是给了我一百块吗? 您说得没错,可是我从来没见过一百块是什么样子的,我从来不知道,世界上还有一张这么大的钞票,所以当时我就以为您给的根本不是钱,而是一张用来骗我的花纸片。

回到家里,我把这张一百块给妈妈看,可我妈妈也从来没有见过一百块,她也以为是你骗了我。今天爸爸从城里打工回来,妈妈把这一百块拿出来给他看,爸爸说这不是纸片,就是可以用来买东西的钱。爸爸骂我们错怪了您,要我代表全家给您写这封信,向您道歉!

还有,叔叔,那只西瓜真的只要一块钱,您多付的九十九块,爸爸已经到山下的邮局里去把它寄还给您了,就是按您给妈妈名片上的地址寄的,相信叔叔能收到吧……

　　看到这里,张亦扬的眼泪"哗"地下来了,他不敢想象,竟然还有贫穷到没见过一百块钱的人。

　　正在这时候,张亦扬隔壁办公室的许主任来了,看到张亦扬这副眼泪汪汪的样子,笑说:"咳呀,小张,你这是在干啥呀? 快到财务处去,年底到了,单位里要'开仓放粮',又给每人划了五千块旅游费。对了,你上次不是去了个边远山区吗? 这次还去哪里? 我看国内那些景点也没什么看头了,咱俩这次到'新马泰'去吧,跟团去,五千块差不多了!"

　　可是张亦扬却摇头:"这回我哪儿也不去,我要把这五千块寄给一对母女。半年前,她们从来没有见过一张一百块的钞票,这次我要她们一下就见它五十张,见个透!"

　　许主任一听,惊讶地看着张亦扬,嘴里结结巴巴道:"小张,你……你乱七八糟地在说什么呀? 你没发烧吧,要不要我陪你去医院看看?"

(杨还珠)

(题图:王申生)

智力测验

这是从朋友那里听来的一个故事,也不知道是真是假。

据说,朋友县里的电视台最近搞了一次别开生面的智力测验,请来参加这次活动的,是某局一些机关干部。

节目主持人在黑板上用粉笔画了一个圆圈,问大家:"这是什么?请回答。"

这时,场上的高压水银灯全都亮闪闪地照着这些机关干部的脸,摄像机也轻轻转动起来,可这些机关干部看着黑板上的圆圈却不敢出声:这看似简简单单一个圆圈,一定蕴含着某种深意。它到底是代表什么意思呢?他们心中没底,不敢乱开口。

摄像机不停地来回转动,可是场上却鸦雀无声。

这可太不像话了!于是这些机关干部们,科员以请示的眼光看科长,科长以求教的眼光看处长,处长以他那擅长领会意图的聪明的眼光盯着局长;而局长呢,则习惯地向他漂亮的女秘书求援。然而,漂亮的女秘书今天可是彻底懵了!

过了一会,漂亮的女秘书走过来,跟局长咬耳朵——她忘记了此时正在录像。随后,局长点点头,气呼呼地把手一挥,说:"哼,不提前打招呼,不经过研究,我怎么能随便解答你们的问题呢?"

"哗——"全场忍不住一阵哄笑,活动不得不散场。

电视台的这次智力测验活动,其实对象不止是机关干部。紧接着,他们就去了第二站,一个大学中文系的教室。

灯光亮了,摄像机转动起来了,主持人也在黑板上用粉笔画了一个圆圈,问大家:"这是什么?请回答。"

冷场!半分钟之后,骄傲的大学生们突然哄堂大笑,纷纷叫起来:"这算啥问题呀?还要考我们大学生!""太瞧不起人啦!简直是开玩笑!""只有傻瓜才回答这种问题!"

可是,这个用粉笔画在黑板上的圆圈,到底代表了什么意思呢?最后谁也没有回答。

初中学生是第三组。

灯光又亮了,摄像机又转动起来了,主持人在黑板上用粉笔画了一个圆圈,问大家:"这是什么?请回答!"

一个学生规规矩矩地举手,站起来回答说:"这是一个零。"

主持人问大家:"他回答得对吗?"

同学们齐声回答:"对!"

还有同学说:"他回回考第一,还能回答得不对?就是个零嘛!"

主持人问:"还有别的答案吗?有没有?请同学们好好想一想。"

有个学生没敢站起来,调皮地在座位上叫了一声:"O,英文字母O……"他还想说下去,可是发现班主任在狠狠地瞪他的眼睛,就立刻缩了回去。

主持人却鼓励他说:"你回答得很好呀! 同学们还有其他回答吗?"

场上鸦雀无声,再没人举手。

第四组是小学一年级的孩子们。

主持人刚把圆圈画完,就有孩子在下面抢着回答:"是月亮!"

主持人微笑着问:"为什么是月亮呢?"

"黑板是天,天黑了,月亮又白又圆!"

"回答得太好了!"主持人不禁脱口赞叹。

这一来,场上的气氛更加活跃起来,孩子们争先恐后地举起小手,抢着回答。

"是乒乓球!"

"是鸡蛋!"

"是我们院子里那个小姐姐的嘴巴——她在唱歌呢! 她天天都唱,唱得可好听了!"

"不,这是老师的眼睛,老师发脾气啦!"

孩子们叽叽喳喳,小嘴说个不停……

后来,电视台在正式播放这个节目时,给它加了个大大的标题:人的想象力是怎么丧失的?

(张 军 供稿)

(**题图**:安玉民)

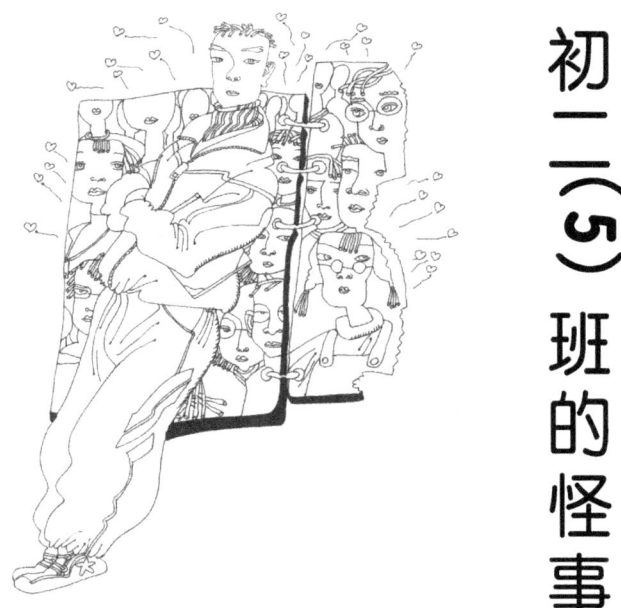

初二(5)班的怪事

初二(5)班要改选班长,班主任苗老师提议同学们搞一次竞选,大家都举双手赞成。没几天,全班就有十几个同学报名参加,而且每个人都拿出了自己的"竞选纲领"。

就在竞选活动开展得如火如荼的时候,有个同学别出心裁去买了一大盒巧克力回来,分给大家的时候,还笑嘻嘻地说:"投我一票吧,请多关照!"

民意调查显示,自打这盒巧克力塞进大家嘴里,这个同学的支持率就直线上升。这个头一开不得了,其余参加竞选的同学便争先恐后地仿效,有的请大家吃点心,有的给大家买小礼物,把班里闹得都快翻天了。

苗老师看到这种状况直摇头,她没想到,社会上的歪风邪气,怎么同学们都学来了?

就在这个时候,又有一个同学来凑热闹了,他也要报名参加竞选。谁?这个同学叫李彬,因为长得又白又胖,同学们平时都叫他"胖子"。

胖子的爸爸是一个民营企业家,手里有上亿元的资产,据说学校新盖的实验楼就是他出钱资助的。现在胖子上了阵,凭他爸爸的实力,就算请全班同学出国旅游一次都能办到,班里那些正在想方设法给自己拉选票的同学,谁能比得过他?所以胖子一参加竞选,其他同学就都想打退堂鼓了。

可出乎大家意料的是,胖子却迟迟没有什么拉票举动。

有同学悄悄问他:"胖子,你到底是真想竞选当班长,还是玩玩的?"

胖子把眼一瞪,说:"我真想当呀!"

那同学就说:"你真想当就得有行动呀!你没看他们那几个,又吃又送的,你平时不是挺大方吗?怎么关键时候就没动声音了?"

胖子一听笑了,说:"花钱还不容易?不过,我当这个班长不用花钱。嘿,要是当不上了呀,我才花钱呢!"

咦?人家是为了能当班长花钱,这胖子怎么会是当不上了才花钱?你说这事情怪不怪?

转眼,到了正式投票这天,同学们纷纷拿起笔,准备在选票上划下他们心仪同学的一票。这时,就见胖子不慌不忙地从教室前排走到后排,挨个儿在每个同学耳边小声说了句什么,一直到把全班同学都说了个遍,才回到自己座位上坐下。

苗老师看在眼里,不免觉得奇怪:这个胖子,在干什么呀?她要去问胖子,胖子却嘻嘻笑着朝她扮鬼脸。

投票过程非常顺利,可唱票结果却让苗老师感到意外。因为竞选活动中那几个最活跃的同学,最多只得了二三票,而没见任何动静的胖子,却以三十多票的绝对优势当上了班长。苗老师想来想去,觉得一定是胖子在投票开始前给同学们许诺下了什么,可后来问了好多同学,都没有问出什么结果,而且一连几天,也没见胖子犒赏大家什么东西。

最后,苗老师只好找胖子本人问个究竟。胖子开始支支吾吾不肯说,苗老师认定里面一定有文章,火了:"你到底给大家说什么了?否则我要取消你的当选资格!"

胖子看看实在瞒不下去了,这才低着头说:"苗……苗老师,我真的没给大家送东西……我知道同学们现在最怕的就是课外再加课了,一天到晚上课,头都大了。所以我对他们说,要是这次我当不上班长,就给苗老师建议,叫我爸出钱去请重点中学老师来,一年三百六十五天,天天晚上给大家补课……"

苗老师听到这里,愣住了,当了二十几年老师,她还是第一次遇到这样的怪事儿。

问题到底出在哪里呢?苗老师陷入了沉思……

(徐　洋)

(题图:安玉民)

六指山

不相信眼泪

张龙和赵虎都特别喜欢开越野车，最近，他们合伙买了辆二手"猎豹"。

这个双休日，两人就迫不及待地把猎豹开了出去，到离城一百五十多公里外的六指山玩了两天，星期一一大早才匆匆忙忙往城里赶。

早晨这个时候，山上的空气特别清新，山路上一个人影也不见，猎豹沿着盘山公路在山里转了一圈又一圈，老半天还没有转出山，两个人归心似箭，于是就感觉有点乏味。

就在这时候，坐在副驾驶位上的张龙眼前一亮，发现前面山路拐弯处有个姑娘，正急急地在走着，他伸手拍拍赵虎的肩，说："你看！"

赵虎也看到了,不由自主地按了两声喇叭:"嘟嘟——"

那姑娘可能是听到声音了,回头看了他们一眼,但却丝毫没有停下来的意思,继续急急地向前赶路。

张龙心里一动,对赵虎说:"没准她有什么急事儿,要不咱们做回好事,捎她一程?"

"好哇!"赵虎心想:一路上有个姑娘做伴,说说笑笑,可以解闷多了。于是他又连着按了两声喇叭,算是打招呼,把车开到了姑娘身边。

哟,这姑娘哪像山里妹子啊,白白的脸蛋,弯弯的眉毛,穿着打扮也完全是城里姑娘的样子。张龙热情地招呼她说:"小妹,这么早就赶路啊?是进城吗?上车吧,我们捎你一程!"

没想那姑娘往车上瞥了一眼,脸上的神情显得很惊慌:"不不不,我不……"她拼命朝张龙摆手,脚下的步子迈得更急了。

张龙和赵虎相视一笑:也难怪,姑娘家,一个人赶路当然得多个心眼,哪能随便上陌生人的车。

张龙于是从口袋里掏出自己的工作证给姑娘看,说:"小妹,现在这么早,这路上哪有班车啊,我们没别的意思,正好要回城里去,顺路的!"

张龙都把工作证伸到那姑娘跟前了,可她看也不看,还是拼命摆手:"不不不……"她一边说,一边就突然拔腿拐进了山道边的小路。

这姑娘的警惕性也忒高了点吧?赵虎不禁鼻子里"哼"了一声:"不上就不上,我们还省点事呢!"

可话是这么说,两人总感觉有点没面子。

赵虎不由气呼呼地伸头往车窗外的后视镜一照,自言自语道:"奇怪,我赵虎怎么看也不像是干坏事的人呀,那丫头咋就认定我们不是好人呢?"

张龙心里也郁闷得很,摸摸自己的脸,叹了口气:"唉,现在想做好事也难啊！算了，别管她，我们抓紧时间上路！"

突然，就在这个时候，从后面山路上传来一阵又急又乱的脚步声，张龙和赵虎回头一看，一群人正闹嚷嚷地向他们冲过来，有的手里还拿着扁担，或者绳索。

张龙和赵虎不知道出了什么事，连忙跳下车，迎上去问："老乡，出什么事了？"

这伙人中，领头的是个四十来岁的男人，满脸麻子，张口就问："人呢？把人交出来！"

张龙和赵虎愣了："什么人？"

麻子怒气冲冲地说："我老婆跑了，是不是躲在你们车上？"他边说边就一个箭步冲到猎豹跟前，把头探进车窗里去，上上下下地仔细看，随后还趴到车底下去瞄。

见两处都见不到人，麻子急得双脚乱跳："你们是什么人？把车停在这里等谁？"

张龙和赵虎这才回过神来：麻子说的他老婆，说不定就是刚才他们看到的那个姑娘。

张龙眼珠一转，急忙给麻子解释说："我们在这里停车不是等人，小解一下，顺便抽根烟歇歇，马上就走。"

麻子上上下下打量着他们："你们见过一个女人吗？年纪很小的。"

张龙和赵虎不约而同地摇头。

跟着麻子一起来的那伙人七嘴八舌地对麻子说："你老婆肯定是跑上山躲起来了，咱们还是赶快上山去找吧，别在这儿磨蹭了！"

不等麻子下令，他们就拔脚朝山上跑去。

这时候，从后面山路上又开来几辆摩托车，停下问："人呢？追上了吗？"

麻子朝他们摆摆手，恶狠狠地说："你们给我到山下各条路口去守着，非得把那贱货给追回来不可！以后再跑，看我不打断她的腿！"

这些人自然立刻领命而去。

随后,麻子转过身来,瞪眼瞅着张龙和赵虎,一字一句说:"你们别想把那贱货带走,那是我花七千块钱买来的。哼,这儿都是我的人,你们要敢带走她,就别想再把车开回去!"

说完,他尾随着那帮人也钻进了山里。

张龙和赵虎惊呆了,两个人你看看我、我看看你,两个人谁都没想到出游会碰上这样的事。

怔了半晌,张龙摇摇头,拉着赵虎上车,说:"走吧,咱们还是赶快离开这里的好!"

于是,赵虎把猎豹重又发动起来,沿着盘山公路继续向前开去。

谁料车刚开到前面拐弯处,冷不丁从路边草丛里跳出一个女人来,张开双臂拦在车前。赵虎一个急刹车,好险,差点就撞到人了。可是定睛一看,他和张龙都愣住了:这个拦车的女人,不就是刚才看到的姑娘吗?

只见这姑娘一步扑到车前,喘着气对张龙和赵虎说:"对不起,刚才是我误会你们了,快让我上车吧!求求你们,救救我!"

张龙紧张得赶紧回头看,还好,后面公路上什么人也没有,估计麻子他们已经走远了。张龙于是问姑娘:"你……你到底是怎么回事?"

姑娘脸上和手上全是被荆棘划破的伤痕,衣服也撕破了,她泪流满面地哭着说:"我是城里人,我还在上大学呢,我是被他们骗到这里来的。求求你们,救我回去吧!"

张龙转头看了赵虎一眼,又问姑娘:"那你刚才为什么不跟我们走?"

姑娘后悔不已,痛哭失声:"我实在不知道你们是好人,我不敢……我还以为你俩和他们是一伙的呢!"

张龙和赵虎一听,顿时傻了眼:现在怎么救她?山下路口都是麻子的人，现在就是让她上车，待会儿也肯定过不了关。万一到时候麻子他们乱来，别说把猎豹砸了，说不定连自己性命都难保呢！

两人没了主意！

就在这犹豫的工夫，那麻子突然也从路边的草丛里跳出来，后面还跟着那群人，"哇哇"怪叫着朝姑娘扑了过来："看你还跑？看你敢往哪儿跑！"原来，这伙人根本就没有走远。

姑娘的脸霎时变得灰白，一步跳过来，抓着猎豹的车门，声嘶力竭地朝张龙和赵虎直喊："大哥，救救我！救救我啊！"

眼看麻子一伙人越跑越近了，赵虎硬下头皮对张龙说："没办法，咱们只能管自己了，再不走，待会儿想走也走不了……"

张龙有点不忍："那她怎么办？"

赵虎闭上眼睛，不敢去看姑娘的脸。

张龙一咬牙，隔着车窗对姑娘说："我们回去替你报警，让警察来救你，要不然，我们三个谁都走不了，连报警的人都没……"

张龙话没说完，赵虎就把猎豹发动起来了。

那姑娘当然知道这是什么意思，她死死拉着车门不肯松手："求求你们，把我带走吧！带……"

可她"带"字刚出口，猎豹已经加大速度朝前驶去，姑娘拉不住车门，"扑通"一声摔在了地上。

随着姑娘一声尖叫，张龙和赵虎都分别从后视镜里看到她摔在地上后那无助的样子：泪流满面，却还在拼命张着手朝他们呼喊，但是很快，那麻子就跑到她身边，狠狠一脚朝她身上踹去……

赵虎很快就把猎豹开到前面山路口转了个弯，把姑娘彻底甩出了自己的视野。这时候，他忍不住"吱"地刹住车，把脑袋深深埋进了方向盘里。

车上死一般沉寂！

过了好一会儿，赵虎抬起头，张龙问他："我们就这么走了？"

赵虎的声音轻得不能再轻了："我们赶快帮她报警吧,我们就是留在这儿,又有什么用?"

于是,两人用最快的速度把猎豹开到附近小镇,到派出所报案。看到警察出动了,他们才松了口气,然后怀着复杂的心情开车回城。

很快就过去了好几年,张龙和赵虎虽然后来又开着猎豹游了不少地方,可他们常常会不约而同地想起第一次出游六指山时的这段阴影,他们不断地用"已经替姑娘报警"来安慰自己,可又总觉得欠了那姑娘什么,所以以后不管在哪里,只要碰上老弱妇幼,两人总是特别愿意帮忙。

这天,两人在出游路经六指山脚的时候,看见路边走着一个村妇,左脚跛了,一手牵着一个孩子,一手拎着一只蛇皮袋,看上去十分吃力。

赵虎"吱"地把车开到她身边停下,探头问:"大姐,坐车吗?"

村妇说声"谢谢",抱起孩子就上了车。

张龙一看,惊叫起来:"你……你不就是那个被拐卖的姑娘吗?你怎么还在这里?"

那村妇一怔,瞪着眼,似乎也认出了他们,木然地点点头。

赵虎惊得目瞪口呆:"我们……我们不是已经报警了吗?"

村妇淡淡一笑:"听说警察来过几次,可我没见着。我自己后来又跑了几次,把脚跌断了……"

张龙和赵虎一时都沉默着,不知对村妇说什么好。

过了一会,赵虎突然回过神来,大声对村妇说:"走,我们这就送你回城!"

谁知村妇却苦涩一笑,摇摇头:"我现在这个样子,怎么还敢回去见人?再说我还有了孩子。你们要是想做好事,就把我们母子两个捎上山吧!"

（宾　炜）

（题图:魏忠善）

迷 途 知 返

俗话说"知错能改，善莫大焉"。悬崖勒马，止步于堕落的边缘，需要极大的觉悟与勇气。

年年有余

柳湾村的柳娃和妻子彩云,自从承包了后山坡上的一口堰塘养鱼之后,家中境况就如同"腊月三十贴年画",年年旧貌换新颜。他们家只"年年有余"了没几年,就一跃成了村里的首富。

手中有了钱,柳娃的腰杆硬了,气也壮了,便决定改换门庭,建栋房子风光风光。他把想法和彩云一说,彩云连连拍手叫好。想当年彩云嫁给柳娃时,彩云父母嫌柳家穷,投的都是反对票;后来彩云铁定了心嫁给柳娃后,都好几年了,彩云父母嫌柳娃那几间茅草屋太寒酸,竟没上门来看过一次。如今有钱了,终于能盖栋房子,把父母接来美美地住上一段日子,也让老人宽宽心。

夫妻俩心往一处想,劲也就使到了一处,两个人立马就去请来帮工,挖土采石、修路伐木,忙得不亦乐乎。

没想这天，柳娃在放炮采石时，竟炸出一股泉水来。那泉水不浑不浊，优哉游哉地从石头缝中汩汩地流出。更让两口子惊喜的是，随着泉水，竟还流出许多鱼来！那些鱼虽然小，却都是活蹦乱跳的，十分逗人喜爱。

晚上，柳娃和彩云躺在床上兴奋得怎么也睡不着，两口子扳着指头一算，若是每天都能流出这么多鱼来，把它们卖到市场上去，一年下来不知赚回多少钱哩！

可才高兴了没一会儿，柳娃就叹了口气，说："这事儿好是好，可惜美中不足，鱼儿太小，卖不出好价钱呀。"

彩云一想，说："对呀，兴许里面有大鱼，咱不如把泉眼开大些试试？"

柳娃一听彩云这话有道理，于是立刻从床上一跃而起，拿了钢钎就借着月光直奔泉水边，彩云也紧跟其后。

柳娃将钢钎插入石缝，使出吃奶的劲儿撬掉石缝边的一块石头。啊呀呀！那流出的泉水果然立刻就大了，随之流出的鱼儿也大了。夫妻俩开心得不得了，彩云立刻就去家里拿来一只大竹筐，放在泉水下面接着，到天亮时，竟接了满满一筐子鱼。

这奇事儿哪还瞒得住啊，不多久就像长了翅膀，迅速传遍全村，村里的男男女女、老老少少于是就都来看稀奇。柳娃和彩云一见这阵势，不由慌了手脚，他们害怕村里人来抢鱼，就弄来好多树枝，把它们挡在泉眼上。

村里有几个年轻人见柳娃和彩云这副德性，心想：这些鱼又没写你们名字，凭啥就被你们两口子独占？他们越想越生气，就跑到泉水边，掀掉挡在上面的那一大堆树枝，大模大样地在流出的泉水下接起鱼来。

村里人见这几个年轻人这么干，当然就跟着学起样来，都一拥而上，抢的抢、夺的夺，一时间，搞得水花四溅，鱼儿乱蹦，吵闹声、谩骂声、厮打声乱成一片。眼看着泉眼被越凿越大，鱼儿也越流越多,到后来全村人都出动了,你一筐、我一筐,整整大战了五天五夜。

就这样,到了第六天头上,泉眼里的水终于流干了,鱼儿也没了,而村民们却仍然久久不肯离去。柳娃和彩云呢,已经躺倒在床上好几天了,茶不思、饭不想,他们原本想发大财的,结果竟成了一场梦。

这天早晨,夫妻俩突然想起自家堰塘里的鱼儿已有多日没喂养了,就急急忙忙赶了去,一瞧,险些吓昏过去:堰塘里干得没一点水,鱼儿也不见了踪影。

彩云急得一屁股跌坐在地上号啕大哭,嘴里大骂道:"哪个缺德鬼,放了俺的水,偷了俺的鱼,叫他吃了烂肚烂肠烂屁股……"

柳娃也怔在那里好半天,缓过神来后立刻就下山到镇派出所去报案。

派出所的同志经过实地查看,并请来有关专家勘察,最后认定:堰塘里的鱼不是被人盗走,而是柳娃放炮炸跑的;所谓的泉水,就是堰塘里的水,那些鱼自然也就是原本养在堰塘里的鱼了。

派出所的同志见柳娃和彩云不信,就在水里撒上麦糠,从堰塘底部一个溶洞里灌进去,结果不一会儿,那些麦糠和着水便从泉眼里流了出来,看得柳娃和彩云说不出一句话来,唏嘘长叹,涕泪直流。

那几个带头抢鱼的年轻人得知此事后,觉得心里很过意不去,便动员村里人将卖鱼的钱如数还给柳娃。柳娃夫妻俩感动得只顾抹眼泪,他俩这才明白:盼望"年年有余"的梦想没错,但在追逐财富的过程中绝没有免费的午餐,勤劳才是金哪!

(张省如)

(题图:魏忠善)

不做亏心事

　　这阵王栓特别怕见大龙，因为一年前他借了大龙一笔钱，大龙已经向他催要过好几次，可他至今都没还上。

　　没想这天晚上，大龙索性敲门上王栓家来了，王栓只好满脸赔笑地对大龙说："龙哥，你行行好，再缓几天行吗？这几天我正在四处想办法，到手后我连本带息一块儿给你……"

　　可王栓话还没说完，大龙就朝他一瞪眼，脸上横肉乱颤，猛地从腰里抽出一把匕首，"啪"狠狠往桌上一扔，凶巴巴地说："两条路，要么马上还钱，要么今晚和我去做笔买卖，事成之后欠债就一笔勾销。否则，别怪我不讲义气！"

　　大龙的眼睛阴森森的，盯得王栓心里直发冷。王栓知道，大龙这人心狠手辣，村里人背地里都叫他"活阎王"，他什么都干得出来,哪怕是让你缺胳膊、断腿的事儿,自己当初向大龙借钱,也实在是迫不得已。

王栓结结巴巴地问大龙:"龙……龙哥,你……你不会……不会叫我去杀人吧?"

大龙朝王栓哈哈一笑,说他已经答应黑道上的朋友,要弄辆卡车来,换个好价钱,他让王栓今晚跟他到峰云岭山路上劫车去,"窝子"已踩好,他让王栓去给他做个帮手。

王栓一听,心里不由暗暗叫苦:弄不好,劫车要出人命的呀!可此时又不敢说不去,他心里明白,大龙既然给他抖了实底,就绝对不会放过他。于是,只好硬着头皮答应。

夜黑沉沉的,王栓和大龙像两个幽灵,埋伏在峰云岭山路上最僻静的地方,眼睛盯着每一辆过往的车,王栓紧张得心里"突突"直跳。不多时,就有两道粗粗的车灯光由远而近照过来,大龙捅捅王栓,压低声音说:"看灯光,一定是卡车,就干它!你先上去拦车,只要让车停下来,事情就好办。"

王栓不敢怠慢,慌慌张张地蹿上公路,举起两条瘦弱的胳膊,拼命挥舞。果然,那车开到他跟前时,"嘎"一声停了下来。

司机从车窗里探出脑袋,大声问:"你干吗拦车?有事吗?"

王栓按着大龙教的说:"师傅,我是山里采伐队的,家里突然有急事,要连夜往回赶,你能不能捎我一段?"王栓一边说,一边借着灯光往车里瞅,不由在心里暗叹:"唉,该你倒霉!"

因为王栓发现,驾驶室里就司机一人。

司机倒是爽快,立刻打开车门,说:"上来吧,捎你一段!"

谁知司机这话刚落音,大龙就从暗处"嗖"地蹿出来,司机还没弄明白是怎么回事,脑袋上已经重重地挨了大龙一棍子,头一歪就晕了过去。大龙于是一把将司机从车上拖下来,拖到路边的荒草丛里,挥刀就要砍。

王栓慌忙上去拉住大龙的胳膊,劝他说:"龙哥,杀了人麻烦就大了，咱不如把他绑了，往雪地里一丢，堵上嘴，不是一样吗？"

大龙一听，觉得王栓这话有点道理，便停住手，说："好吧，那就交给你处理了。"他随手摸去司机身上的钱和手机，丢给王栓一根绳子，自己就到车上去坐着了。

王栓在这边手忙脚乱地用绳子绑司机，心里却很不忍：这么冷的天，他在这儿待一夜还不得冻死？那司机这时候也醒过来了，手脚拼命挣扎。

王栓灵机一动，趴在司机耳边悄悄说："你别动，就在这儿装死，我也装装样子，给你留下绳扣，等我们走了，你就赶快逃命。"

这时，只听大龙在车里直喊王栓："你还在磨磨蹭蹭什么哪？哼，还不如刚才我一刀把他解决了痛快！"

王栓吓得赶紧一边回答说："完事了，完事了！"一边就急着往外走。可没想越急越多事儿，王栓忽然又内急得不行，于是匆匆解决后，这才上了司机那车。

大龙开车是没得说的，他开着这辆劫来的车一路撒野狂奔，天快亮的时候终于将车开出了山外。大龙打手机联系同伙，那边回说让他先在这儿等着，可没想这一等，困意就接二连三地袭来，大龙哈欠连天，眼睛也睁不开了，于是便让王栓看着，他自己趴在方向盘上立刻睡死过去。

这时候，天开始渐渐亮起来，王栓连冻加困，身上直打冷战，实在坐不住了，他便跳下车去，想活动活动身子，让自己清醒些。

环顾四周，王栓发现这车是停在一条偏僻的山路上，周围到处都是山林白雪，他一边伸展胳膊，一边就细细打量起这辆车来，发现它还挺新的。想想自己在大龙威逼下竟做了劫匪，他心里真是又气又懊丧，对大龙恨得咬牙切齿。后来实在觉得无处发泄，抬腿照着车厢板就"通通通"地一阵乱踹。

谁知这时竟从车头驾驶室里传来"啊"一声惨叫，王栓吓得浑身哆嗦，急忙跑过去看，只见大龙正双目圆睁、满脸恐怖地盯着驾驶室的后窗，身子一动不动。王栓下意识地爬上车，顺着大龙的眼光看过去，天哪！只见后面车厢里，有好几个面目狰狞、血肉模糊的人，有一个还在龇牙咧嘴地朝他大笑。"啊——鬼！有鬼啊！"王栓吓得魂飞魄散，眼前一黑，什么也不知道了……

醒来的时候，王栓发现自己坐在副驾驶位上，车子正开得飞快，他一瞅司机，愣住了：不正是昨晚被劫的那个开车司机吗？这是怎么回事？

司机见王栓醒了，朝他嘻嘻一笑："怎么样？感觉还可以吧？"

王栓一脸茫然："感觉？"他四下一瞅，"我那哥们呢？"

没想司机脸一沉，朝后车厢撇撇嘴，说："和死人做伴去了。"

"死人？"王栓立刻想起了那恐怖的一幕，"你车上怎么会有死人？"王栓一边问，一边就忍不住扭头去看，果然看到后面车厢里，大龙被五花大绑着挤在那三具血肉模糊的尸体旁边，王栓吓得浑身汗毛都竖了起来。

看着王栓惊恐的样子，司机便给他讲起了事情的经过……

司机名叫刘祥，是专门开长途货车的，昨天刚刚送完货急着往回赶，可才上峰云岭不久，就被几个警察拦住了，说是前面出了车祸，一辆翻斗车滚下十几米深的山沟，车上三个人被摔得血肉模糊，救上来都已经没了气。警察和刘祥商量，能不能帮忙把这几具尸体送到火葬场去。刘祥本来就是个热心人，所以一口就答应了。可毕竟这是三具尸体呀，尽管刘祥平时胆子很大，但后来一个人开车走在漆黑的山路上，还是感觉有点儿心惊肉跳、头皮发麻，恰巧这时碰上王栓拦车，他本来看来了个做伴的，心里挺高兴，没想竟差点送了自己的命。

王栓问刘祥："可我当时明明把你扔荒草丛里了，你怎么又会到车上来的呢？"

刘祥看了王栓一眼，眼睛里充满了感激。他说，这得感谢王栓给他留下了绳扣,所以王栓刚转身,他就赶紧把绳扣抖了,趁王栓小解的时候,就偷偷从后面爬进了车厢。一路上,刘祥一直在琢磨自己该怎么办,最后就想到了装鬼,于是便将那三具死尸身上的血拼命往自己脸上抹。也是赶巧,后来大龙瞌睡时王栓对着车厢板的那几脚猛踹,把大龙惊醒了,他迷迷怔怔地往后一瞅,看见车厢里那几具死尸,刘祥发现他在瞅,索性张牙舞爪地站起来去吓他,立马就把他搞得背过气去……

听完刘祥讲述,王栓对他真是佩服得不得了。

可王栓再一想,又不明白了:“那你为啥不把我一起绑了呢?”

刘祥意味深长地看了王栓一眼,说:“对救自己命的恩人,用不着防备。不过,我看你这个人还有点良心,为什么要劫车?”

王栓没想到刘祥会这样对他说,心里一热,又苦笑笑,便把自己被逼无奈、铤而走险的事说给了刘祥听。

王栓正说着,突然警笛声大作,刘祥忙将车停下来,原来刚才刘祥已经用手机报了警。

第一个跳上车来的警察,看到大龙就叫起来:“这人不正是我们在悬赏捉拿的在逃杀人犯吗?”警察们拿出通缉令上的照片仔细一对,可不正是此人!

警察长握住刘祥的手,说:“师傅,你真了不起!我代表人民,衷心地感谢你!抓住这个在逃犯,你还可以得到五万块奖金,祝贺你!”

不料刘祥却回过头来拍拍王栓,对警察长说:“奖金得主应该是这位兄弟,没有他,我现在已经做刀下鬼了!”

刘祥说完,给王栓深深鞠了一躬。

王栓的脸“腾”地红了,手足无措地不知说什么好,支吾了老半天,猛地冲口道:“再不学好,我他妈还是人吗?”

(胡秀欣)

(题图:魏忠善)

寺庙里的红鲤鱼

  青龙坪王老太的儿子大鹏是个博士,在城里成家立业后很少回老家,可这天却突然带着儿子,也就是王老太的孙子小鹏,回来了。

  当天晚上,大鹏请村里人吃饭,本来饭桌上挺热闹的,可快散席时他说的那几句话,大伙听了都觉得别扭。大鹏说什么了呢?他说:"下个月,我和小鹏他妈要去美国进修三个月,正好也是暑假,就让小鹏在这里呆上一阵。我们家小鹏从小在城里长大,细皮嫩肉的,比不得山里的孩子,希望大家多顾着点。还有,城里孩子的肠胃也比不得山里人,不干不净的东西千万不能让我们家小鹏入口。还有啊,我知道,山里孩子手脚重,请大家回去后给自家孩子提个醒,今后和我们家小鹏打闹时千万注意,别一不小心弄破他的脸,那可就害我们家小鹏一辈子了……"

大伙虽说嘴上没说什么,可听大鹏一口一个"山里孩子",一口一个"我们家小鹏",心里就是不痛快,好好一顿饭,吃到最后一点没了滋味。

大鹏第二天就回城里去了,小鹏见他爸一走,简直就跟脱缰的野马似的,没几天就和村里几个捣蛋孩子混成了一片,还居然指挥起那些半大小子,成天在村里、村外打打闹闹,惹得鸡飞狗跳的事儿一桩接着一桩。后来,小鹏还带着那帮半大小子在后山烧兔子洞,眼看着火借山风"忽拉"一下燃起来,全村人奋力扑了半天,才算保住那片林子。

孙子这么顽皮捣蛋,王老太又没别的办法,只能挨家挨户地赔礼赔钱。大伙都劝王老太:"你得好好管管这孩子,听大鹏那天说的那些话,就知道是从小被他父母给惯了的。"可王老太哪里舍得,任由他去。

这天,小鹏跟村长家的二娃子去后山庙里玩,二娃子指着放生池里一条尺把长的红鱼,对小鹏说:"你看这条金鲤鱼,我爷爷说,它是在观音菩萨的莲花池里长大的,是从南海游过来的呢!"

小鹏睁大眼睛看了看,嘴一撇:"你胡说!这叫红鲤鱼,城里多的是,上回我还吃过一条呢。"

"你吹牛!我爷爷说过,吃了金鲤鱼会死人的。你要吃了,还能活到现在?"

"哈哈,你爷爷这是在哄你哪!"

两个孩子正吵吵嚷嚷着,一个小和尚跑过来,板起脸对他们说:"吵什么吵?师父正在打坐!去去去,到外面玩去。"

可被撵出庙门后,二娃子还是不服气:"你上次说连蛇都没吃过,怎么会吃过金鲤鱼?你们城里人就是爱吹牛!"

小鹏急得直跺脚:"我就是吃过的嘛!红鲤鱼有什么稀罕的,你要不信,我把池子里那条吃了!"

二娃子不信："你真敢吃？你不怕死？"

小鹏不屑地撇撇嘴，说："咱走着瞧！"

第二天一早，还在睡觉的二娃子就被小鹏扯了起来。小鹏神气地把手里的书包反过来往地上一倒，只听"扑"一声，一条尺把长的红鲤鱼直挺挺地从书包里掉了出来。

二娃子眼睛瞪得溜圆："是庙里那条金鲤鱼？"

小鹏点点头，说："我昨天晚上去用网杆网的，我没吹牛吧？走，二娃子，我们去后山，弄点干柴烧了吃。"

二娃子吓得直往后缩，连连摇手说："不不不，你快把金鲤鱼拿出去，我爹要看见了，会打死我的！"

他这话刚落音，就听屋外"咣当"一声响，重重的脚步声紧跟着就到屋里了，是二娃子那当村长的爹回来了。

村长一眼就看见了躺在地上的红鲤鱼，愣住了，半晌才哑着嗓子问："是庙里抓来的？"

二娃子赶紧摇头，指着小鹏说："爹，是他抓的，不关我事。"

村长低下身去摸了摸，金鲤鱼的身体干干的，早已经死了。他一把扯过二娃子，"啪"一掌扇过去，吼道："小畜生！这可是放生池里的鱼，你们闯大祸了！"

小鹏想不明白：一条小小红鲤鱼，怎么会让村长这么紧张？

当天中午，村长领着一帮老人朝庙里赶去，王老太牵着小鹏跟在后面，眉头紧锁，一言不发。进庙后，老人们急奔放生池，见池里虽然还有不少鱼，但缺了那条金鲤鱼，就感觉少了灵气，于是眉头锁得更紧。

这时，庙里的老和尚走了过来，看看小鹏，说："万种罪孽中，杀生最重；万种功德中，放生第一。所以啊，放生池里的生灵，哪怕是小鱼小虾，也不能伤害，何况是这么一条金鲤鱼啊！"

村长和一帮老人在旁边连连点头，王老太想说什么，但张张嘴，没出声。王老太念了几十年佛，想来她应该明白这个道理。

老和尚接着说:"阿弥陀佛! 说起杖责,本来只适用于本寺僧众,但如今既然是捕杀了寺中生灵,用用也是无妨。"

杖责? 王老太吃了一惊:"师父,我孙子还只有十来岁,只怕……只怕会打坏他呀!"

老和尚点点头,说:"那就打手心,两手各打五十下,以消罪孽。"

一个小和尚立刻拿来一块竹板,一寸宽,三尺来长。

老和尚对王老太说:"我怕小和尚不知轻重,还是由你亲自来打吧。只是,佛祖在上,打轻了怕是无法消罪的呀!"

王老太犹疑着从老和尚手里接过竹板,咬咬牙,拉过小鹏一只手就打了下去,一下,两下……随着"啪啪啪"的声响,小鹏痛得"哇哇"乱叫,嘴也歪了,手也肿了。王老太受不了了,当打到第十下的时候,她"啪"地扔了竹板,搂过小鹏就号啕大哭起来。

此时,村长心里真是又生气又不忍,他沉吟着,对老和尚说:"师父,小鹏不比咱山里孩子,再打下去只怕真会伤了他呀,他那手还要写字,还要画画呢! 您看,剩下的四十竹板是不是先记着,下回若是再闯祸,再补上?"

老和尚看看小鹏,问他:"你知错了吗?"

小鹏从小到大哪受过这样的打? 不停地哭,不住地点头。

离开寺庙时,老和尚交给王老太一些草药,让回去给小鹏敷上,还关照小鹏,以后再惹事儿,绝不轻饶。

经过这件事后,小鹏听话了许多,甚至每天还会帮着王老太养养鸡,收收鸡蛋,跟着王老太把多余的鸡蛋和从地里摘下的青菜拿到集市上去卖了换钱,小鹏也才知道,原来钱是这样挣来的。

短短两个月很快就过去了,到暑假结束的时候,小鹏已经像变了个人似的,懂事儿多了。后来大鹏来接儿子,听说了金鲤鱼的事,特意去庙里拜访老和尚,还在镇上买了一缸小金鲤带去,准备在放生池放生。

见到老和尚，大鹏满怀感激地说："师父，其实我们夫妻俩并没有出国，所以让小鹏来这里生活，就是要让他到山里来锻炼锻炼。那天晚上吃饭时，我是故意当着大家的面说了很多不中听的话，就是想引起大家反感，给孩子更多一些挫折。"

随后，大鹏就随老和尚来到放生池边，将带来的小金鲤放了进去。

看着鱼儿们在池子里欢快地游来游去，老和尚意味深长地对大鹏说："本来，我不会因为无知孩童的顽劣就用杖责，也是看他劣性太重，而老人家又处处护着他，如果不找个事由狠狠点醒，不知以后这孩子还会惹出多少麻烦来啊！"

这一瞬间，大鹏心里真是感慨万千，他多么希望小鹏在以后的成长路上，能不断有善心人帮扶啊！

（曾 恽）

（题图：安玉民）

双喜办证

双喜是虾鱼乡的船民,驾一艘三百吨的铁驳子船在长江上跑黄沙运输。

前天,乡水运队送来通知,要船民们到县海事局去换证办照、培训上岗。双喜把通知往船舱里一扔,心里嘀咕:这阵子沙价上涨,哪有闲工夫去坐冷板凳?要说办证,那还不是小事一桩,"有钱能使鬼推磨"的把戏他哪回用不灵的?嘿,能不能过火焰山,就看各人自己本事了。

这天,双喜从鄱阳湖装了满满一驳船沙,日夜兼程地往下江横风港驶来。他没往大港口去,是因为那里查得紧,规矩大,横风港是小航道,千吨大船进不来,盘查自然也会松得多。

可到横风港要多走好多路,所以一直到太阳落山的时候,双喜的驳船才进港。他觉得很累,正想打个瞌睡,就见一个"大盖帽"上船来了,咋咋呼呼地吼着:"谁是老大? 把证件拿出来!"

双喜当然拿不出证件来,可他也不着慌,眯着眼睛慢慢吞吞地对大盖帽扯了个谎,说:"老大上岸找货主去了,不在。"

"不在? 那叫他明天到站里跑一趟,把证件带上。"大盖帽吩咐完就走了。

双喜没想到小港口现在也盯得这么紧,咋办呢? 他拼命动起了脑筋。

第二天一早,双喜去上公共厕所时,看到那里墙上写着一溜电话号码,他灵机一动,顿时有了主意。立刻拿出手机,按其中一个号码打过去,果然很快有了回音。原来这是一溜专门替人办黑证的电话号码,双喜当下就和对方达成了交易,约定当天下午两点,在玫瑰大酒店门口,一手交钱一手交货。

下午两点,双喜准时来到酒店门口,对方来交货的是个"眼镜",背一个包,骑一辆摩托车,像做贼一样东张西望了好一阵,在确信没有人注意时才凑近双喜。他打开包给双喜拿货的时候,双喜瞥见他包里五花八门什么玩意儿都有,光大大小小的圆图章就有一大堆。双喜不想和他啰唆,付钱拿了本子后就走人。

手里有了证件,双喜的心终于放了下来,于是就去码头检查站。只见一间不大的屋子里,挤满了正等待验证检查的船民,他们送来的证件在桌上码成一大排,一个青年办事员正在那里忙得不亦乐乎。

双喜神气活现地正要把自己的假证放上去,突然他心里一个激灵:不行,我这证件外面的壳子太新,和人家那些老证件放在一起,太显眼。所以,一直等到屋子里的人走得没几个了,他才小心翼翼地把自己的假证件本递上去。

青年办事员接过本子一翻,一看,问双喜:"你这是从哪儿搞来的?"

双喜心里有鬼嘛,被办事员这一问,自然腿就软了,额头上冷汗直冒。他强打起精神,眼珠一转,战战兢兢地回答说:"这是……这是乡水运队帮着办的,怎讲?"

办事员一听是乡里帮着办的,把本子翻了几下,就准备盖章通过。

哪知就在这时,突然从门外走进一个高个子秃顶中年人来,朝办事员喊道:"慢!你仔细看看,看看第五页第三行,你这个章就敲不下去了。"

剩下那几个在场的觉得有好戏看了,就都凑了上来,看办事员翻到那一页,一看那一行,都明白了。原来,在那一行"运输方式"一格里,"顶推"两个字变成了"顶椎"。

双喜只好在心里叹一声:"这假证,真是假得离了谱。"

这时候,刚才朝办事员喊话的那个高个"秃顶",像捡了个大元宝似的得意地叫道:"跟我林某玩?嘻,你早呢!老规矩,货扣下!罚款五千!"

双喜一听,人立刻瘫了:这个姓林的秃子,真是太厉害了!

双喜只好乖乖地缩在一边不作声,不过一双眼睛却在滴溜溜转。突然,他瞅见那个秃顶林某去了隔壁办公室,连忙悄悄跟了过去。

闪进门后,双喜冲林某又是打躬又是作揖,拖着哭腔说:"林同志,你大人不记小人过,我也是没办法才这么干的,水里求财也就是糊张嘴而已,还望林同志放我一马。"

那林某瞟双喜一眼,仿佛把他的五脏六腑都看透了似的,沉着脸说:"你这态度还差不多,这样吧,谅你初犯,罚款一千。"

双喜呢,其实就等着这个林某开口。他深谙:有权人的嘴巴能大也能小,就看对方懂不懂谱。此刻对方"放马"过来,他便急忙亮招。什么招?他不露声色地把捏有三张百元大钞的手插进了对方口袋。

谁知林某立刻就用手挡住了:"你别给我来这一套!"

双喜心里明白,他这是嫌少,于是就又插进另一只捏着同样数额钞票的手。林某这才像被点了穴道似的不吱声了,嘴里道:"开张票吧?"

双喜立刻两只手摇得像拨浪鼓:"不用! 不用!"一边说,一边匆匆退了出来。

回到船上,双喜思前想后越想越来气:如果那做假证的眼镜不出差错,那个姓林的秃子又如何能识破? 害老子无缘无故地多花了几百块冤枉钱。想到这里,双喜拿起手机一个电话打过去,把眼镜痛骂一顿。

电话那头,眼镜一再给双喜赔不是,说要不就再给双喜办一个,保证质量,价钱这次就打个对折,还说定当晚仍然在老地方交货。

晚上,双喜来到大酒店门口,一看时间还早,就在下面大堂里转悠起来,忽然发现有一个人影闪过,好像有点眼熟,定睛一看,竟是林某,只见他一副老板派头打扮,进了酒店大堂就直奔二楼。

双喜很惊讶:他来这儿干什么? 他不就是一个码头检查站的工作人员吗? 怎么打扮成这样? 他到底是什么人? 于是便悄悄跟了上去。

远远地,双喜看到林某走到一个客房门口的时候,左右张望了一下,随后就轻轻叩门。然而,让双喜吃惊的是,当房门打开,一个人从房里探头出来的时候,双喜发现这个人竟是眼镜!

眼镜把林某拉进门后,双喜赶紧靠上去,贴着房门侧耳细听,里面说话声很小,但笑声却很大。双喜恍然大悟:好你们这两个家伙,原来是一路货色,故意假中制假卖个破绽,设下圈套让我上钩。

双喜肚子气得一鼓一鼓的:哼,我倒要看看,到底谁能笑到最后！他立即悄悄下楼,退出酒店,来到一棵香樟树下,给眼镜打手机,说来了好几个老乡,都要办证,价钱好商量,只要快办就行。

接到这样一笔生意,眼镜自然兴奋,答应双喜说:"你等着,我马上就来,咱们老地方见。"

没过一分钟,双喜又给眼镜打手机,催他快来;过一分钟,又打。眼镜被他催烦了,说自己正往这边赶,可是路上堵车,叫双喜耐心等一会儿。可双喜就是不停地打他手机,在肚子里暗笑:"跟老子玩蛇,你还嫩哩!"

终于,双喜远远地看到眼镜匆匆下楼来了,从酒店后门出去,骑着车绕到酒店前面马路上,然后装出一副风尘仆仆的样子骑来,在门口停下后左找右找,前顾后盼。双喜在远处看得真切,依然不停地用手机催他快来,把他弄得手忙脚乱。

就在这个时候,突然"轰"地一声响,眼镜的摩托车与正开过来的一辆出租车撞在了一起!这个结果倒是双喜没料到的,他本来也只是想玩玩眼镜,这下,戏有得唱了……

不久,在县航管部门上岗人员培训班里,来了一个插班生,他就是双喜。如今,双喜已经悔悟过来,再不想干那种鬼弄鬼的事情了。毕竟,好好的人不做去做鬼,吃亏的还是自己!

（钱太玉）

（题图:魏忠善）

救命的树桩

　　那天,石强开着中巴车往城里赶,出村口就是一段高岭,从高岭下坡的时候,他有意识地踩一踩刹车,可平时一踩就灵的刹车,今天却突然不听话了。石强有点急,又试着用手动刹车,可仍然刹不住。

　　这一来,石强就惊慌起来:坡路右边就是悬崖,悬崖下是湍急的东川河,车要是翻下去,车上二十多人的性命岂不都完了?眼看中巴车在坡路上越滑越快,石强急得满头大汗,却又束手无策。

　　这时候,车上的人都惊叫起来,几个小孩吓得哇哇大哭。

　　就在中巴车滑到悬崖边上,眼看就要翻下去的瞬间,突然中巴车的车轮被一个巨大的槐树桩挡住了。那个槐树桩就在悬崖边上,有三只水桶那么粗,它稳稳挡住了下滑的中巴车,就像一堵结实的墙,把一车人的生命从死亡线上挡了回来。

石强用袖口擦擦汗,从车上走下来,望着那个槐树桩,愣了好一会儿。

这时候,车上的旅客也都下来了,一个大胖子惊魂未定地对石强说:"你这车是怎么回事啊?简直是拿我们的性命在开玩笑!"

石强忙给他打躬作揖,说:"对不起,对不起,我也不知道今天是怎么回事,平时都是开得好好的。"顿了顿,他又对大伙说:"你们是不是先慢慢地走一段路?到岭下去等我。我把刹车修好了,马上就把车开过来。"

胖子一听叫起来:"你这车我们还敢坐?不行,你退我钱!"

石强自知理亏,也不多话,马上就把钱一分不少退给了他。可同村的人不好意思跟着干,就走到岭下去等石强的车,石强呢,于是就赶紧钻到车底下去检查,发现原来是刹车螺丝松了。他死命地拧紧螺丝,再上车一试,一切就都正常了。他不由在心里告诫自己:以后每次出车前,一定要把刹车仔细检查过。

这以后再上路,车子就跑得非常顺利。

当晚回家吃晚饭,石强只勉强吃了几口,就把碗一推,拿了一把香匆匆出门去了。老婆看他举止有点古怪,放心不下,赶紧悄悄跟在后面。

只见石强径直来到坡路边的槐树桩前,把手里的香点上,跪在地上磕了三个头,嘴里喃喃地说着什么。老婆好生奇怪,就走上去问他:"你这是怎么啦?好端端的,给树桩磕什么头呀?"

石强没有作声,又向树桩拜了一下,这才站起来,对老婆说:"我这不是在拜树桩,是在拜我自己。"

老婆一听,更加奇怪。

石强说:"你还记得吗?十年前,我们家盖房缺一根大梁。"

老婆想了想,点点头:"是有这么回事。"

石强说:"当年我就是砍的这棵槐树,扛回去用它做大梁。那年冬天,我本来想把这个树桩挖回去当柴烧,可是看到它四周已经发新枝了,就犹豫起来,想想不能把事情做绝,我已经砍了大树,再来挖树桩不是太过分了吗?还是让它留着,给那些细小的新枝一个生长的机会,留一点善心积一点德……没想到,今天就是这个树桩,救了我和一车人的命。"

石强把早上的险情给老婆一说,老婆听得心惊肉跳,拉着石强说:"老公啊,幸亏你当年手下留情,不然今天就要闯大祸了。"

俗话讲:大路上说话,草丛里有人听。

石强说的这番话,没想还真让一个人听去了。谁?正躲在暗里的二癞子!

石强中巴车的刹车失灵,其实就是二癞子在头天晚上做下的手脚。二癞子要报复石强,因为石强当民兵队长的时候,二癞子偷队里的牛被石强抓住,坐了三年牢。可二癞子怎么也没想到,竟会是这个槐树桩救了石强和一车人的命,让他的阴谋没能得逞,所以晚上特地带了镐头来,想把树桩挖掉。

但是此刻,二癞子却心头一震,把镐头悄悄放下了……

(桂忠阳)

(题图:安玉民)

www.ingramcontent.com/pod-product-compliance
Lightning Source LLC
Chambersburg PA
CBHW060830120626
46557CB00001B/450